王朝の恋の手紙たち

川村裕子

はじめに

人はなぜ自分の思いを「文字」で伝えようとするのでしょう。手紙、メールそしてラインは日々の暮らしのなかで人と人との間を鳥のように飛び交っています。電話や携帯電話といった「声」で伝える便利なものがあるにもかかわらず……。

なぜならば、それは「心」を届けることだから……。わざわざ機械の蓋《ふた》を開けて平仮名を漢字に変換する労力、そしてラインのスタンプをさがす手間暇。このようなかに熱い思いが潜んでいるのです。

王朝の手紙たちもさまざまな心の光や、翳《かげ》りを見せていました。ここでは、王朝の手紙全般についてお話をしながら、特に恋人たちの涙や笑顔がきらめいている手紙たちの姿――繊細な思いをのせて羽ばたいている姿――を浮き立たせてみたいと思います。

手紙というのは、さまざまな困難に囲まれていますね。ある時は来ない返信に闇のような不安に突き落とされたり、またある時は、超高速の返信に太陽のような思いにつつまれたり……。そう、このような時間との闘いはいつの時代も続いていました。

二人をつなぐ心の糸が、時という魔物によって、風に吹かれる蜘蛛《くも》の糸のように、もつれたり切れたり、また逆に強く結ばれたりすることもあるのです。

そしてまた、自分の心が言葉にならない苛立《いらだ》ち……。今でも自分の書いたものが、百パーセント相手に伝わるかどうか、不安な気持ちになりますね。特に文字で心を伝えるのは果てしない苦労がともないます。なぜなら、心はもやもやとしてはっきりとした形にはならないから。凍るような悲しみも、溶けるようなうれしさもつかみどころがありません。この気持ちを理解できるのは自分しかいない。だから、心をすべて言葉に、それも後々まで残ってしまう言葉に置き換えるのはつらい作業です。便箋《びんせん》やキーボードを前にして「どう書いていいかわからない」という悩みは尽きることがありません。


でも、このような「正解」のない闇、どうしていいかわからない闇のなかでも、王朝の人たちは、手紙を出し続けました。この手紙たちは軽やかに、そしてしたたかに羽を広げて、大きな大きな空のような世界を飛んでいたのです。

自分の言葉と思いが届くことを信じて……。

目次

本文イラスト／須貝稔

第一章　王朝の危険な手紙たち

危険な送信

メールがどこか別の所に行ってしまったらしい、そんな経験をしたことはありませんか。

私の所には学生から「あの川村だって風邪ひいたんだってさ」というメールがくることがあります。たぶん、友だちに送ろうとして彼（彼女）は宛て先を間違えてしまったのですね。このような送信ミスは、葉書や手紙よりメールの方が起こりやすいような気がします。葉書や手紙といった郵便物は、日本郵便株式会社などの大きな組織で運ぶから、全くないというわけではないけれど、誤配送はほとんどありません。また相手の住所を間違えたら、大概の場合、差出人の所に戻ってきます。

ところがメールの場合、そのようなシステムにはなっていません。相手を間違えても、その人のメールアドレスが存在する限り、当然そのまま送信されてしまいます。たいていアドレス帳から選択するだけですから、うっかりミスも手書きよりずっと多いでしょう。そのうえ、ワンクリックで即座に送ることができるので、間違えたことすら自分で気がつかなかったりもします。人の目に触れたら困る内容、他の人に見せてはいけないメールを違う所に送信してしまったら一大事です。

実はこのようなおそろしい話が、王朝メール（王朝の手紙は「文《ふみ》」という）の送受信のなかにもたくさん登場するのです。

そしてまた、このような事実を踏まえて、送受信ミスによる手紙たちは、作品のなかで活躍していました。この通常のやりとりとは、はずれている裂け目から、人と人とのすれ違いや心のひずみを見せてくれたのです。マイナス面だけれど、いやマイナス面だからこそ、なかなか一筋縄ではいかない人間のドラマを、心の叫びを映し出しているのです。

それでは、まず最初に、実際の生活のなかで起こっていたおそろしいメール（手紙）の実態を見ていきましょう。信じられないような危険に囲まれて、さまよっていた手紙たちの姿を……。

誤送信の恐怖！

王朝の手紙を出す時の要注意事項は、なんといっても第三者の目に触れないようにすることでした。その理由は、召使いが家から家へと運んでいたからなのです。彼らの細かいプロフィールについては第二章で述べますが、彼らは伝書鳩《でんしょばと》のようにあちらこちらを飛び回らなければなりませんでした。それも都のなかだけならいざしらず、かなり遠距離まで運びました。だから、途中でどんな危険が待ち受けているか、わからなかったのです。手紙を落としてしまったり、別の人に渡してしまったり……。

このように、手紙がどこかに行ってしまうこと、つまり正式な受取人の所にまともに届かないことを、この時代「文が散る（手紙がどこかに行ってしまう）」といいました。さまざまな作品のなかで、このフレーズをよく目にします。ということは、通常の伝達では考えられないような送受信のミスが日常茶飯事だったことがわかります。また、その言葉が出てこなくても、王朝の手紙は頻繁に飛び散ってしまうのです。たとえば、次の例はさぞ困っただろう、と思わせるようなお話です。

大輔《たゆう》の部屋に、敦忠《あつただ》の朝臣《あそん》が別の女性に送った手紙を間違って持ってきたので、送った歌

「道を知らないわけでもないのに。山道を踏み迷ってしまうように、文（手紙）を迷わせてしまう人もあるのですね」　（『後撰《ごせん》和歌集』一二〇五番）

大輔《たいふ》が曹司《ざうし》に、敦忠《あつただ》の朝臣《あそん》の物《もの》へつかはしける文《ふみ》を持《も》て違《たが》へたりければ、つかはしける

「道知《みちし》らぬ物《もの》ならなくにあしひきの山《やま》ふみ迷《まよ》ふ人《ひと》もありけり」

藤原敦忠と大輔（女房）は恋人だったようです。それなのに、その敦忠がなんと別

の女性に送った手紙を、よりによって大輔の部屋に誤配送。それに対して大輔はすかさず歌を送りました。「山ふみ迷《まよ》ふ」の「踏み」と「文」を掛けた当意即妙《とういそくみょう》の歌を……。
この歌は、さりげなく宛て先が間違っていたことをほのめかし、内心はどうあれ決して激しい言葉を使ってはいません。大輔はさすがに恋歌の名人。すっきりとした歌の姿です。でも、別の女性宛ての手紙が来てしまったのだから、本心は煮え立つような思いだったでしょう。実は、このようなこと、このような危険に、王朝の手紙はいつも囲まれていたのです。

手紙を書く男性

見せてはならない人に、よそに持って行く手紙を見せている。（『枕草子』九三段）

見《み》すまじき人《ひと》に、ほかへ持《も》て行《ゆ》く文《ふみ》見《み》せたる。

これは『枕草子』の「あさましきもの」の段です。「あさましきもの」は「あきれてしまうもの」といった意味です。今でも、友だち宛ての手紙に悪口を書いた人がいたとして、友だちではなく、その張本人（見せてはならない人）の所に誤送されたら、取り返しのつかないことになってしまいます。当時は例にあげられているくらいだから、手紙の配送ミスは、おそろしいことに今と比較にならないくらい多かったのです。

それでは、このような連絡手段によるミスをなくすためには、いったいどうしたらいいのでしょうか。人と人との絆《きずな》を断ち切ってしまうような危険な壁を、王朝の人たちは、どういう方法で乗り越えたのでしょう。

手紙の自己防衛

懐《ふところ》の紙に、全く筆跡をお変えになって……。

御畳紙《おほんたたうがみ》に、いたうあらぬさまに書《か》き変《か》へ給《たま》ひて……。

（『源氏物語』「夕顔《ゆうがお》」）

これは、光源氏の秘密の手紙作法です。夕顔はいつも光源氏が住んでいる生活圏とは違う、都の五条という中央から離れている所に、ひっそりと、はかなげに住んでいました。光源氏は乳母《めのと》のお見舞いに行った時、偶然この女性と知り合います。どこか影のある、そして官能的な夕顔、そんな彼女にどんどんと光源氏は惹《ひ》かれていくのでした。

ただし、ここは、まだ出会いの場面で、夕顔がどういう人物か、はっきりとはわからない時期なのです。だから光源氏は危険回避作戦をとりました。まず、「畳紙《たとうがみ》」とよばれる、ちょっとしたメモ用紙のようなものに書いたのです。通常、女性に出す手紙は、紙もやわらかい薄様《うすよう》とよばれるものを使ったのですが、人の手に渡ると困るので、いかにも走り書き風、メモ風の紙に書きました。これが一つめの防衛。もう一つの作戦は、筆跡をすっかり変えてしまったことです。いつも書いている字とは似ても似つかぬ形にしました。厳重な警戒です。もしも何かが起こって光源氏の名前に傷がつくようなことになってしまったり、はたまた政敵に利用されたりすると困るからです。

それほど細心の注意を払い、神経をつかい、必死になって自分の書いたものを守ろうとした王朝人。ということは、逆にいえば、手紙のやりとりのなかに、いつもいつも落とし穴のような危険が待ち受けていた、ということなのです。

畳紙《たとうがみ》

手紙のプライバシー

現在の手紙のプライバシーはどうなっているのでしょうか。今は、親でも子どもの手紙を開けて見てはいけないことになっています（「子どもの権利条約」第十六条）。でも、王朝の書簡は今のようにかっちりした形で守られていなかった、というよりも、「守る」といった意識そのものが稀薄《きはく》だったのです。だから、他人が「手紙」を横取りしてしまう、というようなとんでもないことまで起こっていたのです。前の例のように、手紙があちこちに行ってしまうことも困りものですが、いきなり人から手紙を奪われる、というのも驚愕《きょうがく》のできごとです。

今読みたいと思っている手紙なんかを、男の人が横取りして庭に立ったまま読んでいるのは、ひどくいらいらして悔しくて仕方ありません。追いかけたいけれど、こちらは女性だから、御簾《みす》の外に出るわけにいかず、内側でそれをながめる気持ちといったら、今すぐにでも、飛び出して行きたいような気持ち。

（『枕草子』九一段）

見《み》まほしき文《ふみ》などを、人《ひと》の取《と》りて、庭《には》におりて見立《みた》てる、いとわびしくねたく、追《お》ひて行《ゆ》けど、簾《す》のもとにとまりて見立《みた》てるここちこそ、飛《と》びも出《い》でぬべきここちすれ。

これは、『枕草子』のなかの「ねたきもの」に出てくるお話です。「ねたきもの」というのは「しゃくにさわるもの」という意味。かなり衝撃的な話です。男性がいきなり手紙を奪い取ってしまいました。でも、取られた女性の方は手紙を取り戻せないのです。なぜなら、王朝女性は部屋のなかから外に出られず、御簾《みす》（竹製のブラインド）のなかにいるのが普通だったからです。もしかしたら二人は恋人どうしだったかもしれません。そして、男性の方は、彼女を疑って手紙を奪取《だっしゅ》したのかもしれません。でも、いくら親しいからといっても、あまりに突発的な行動。女性は御簾の内側で動けないのです。さぞ、やきもき、いらいらしたことでしょう。

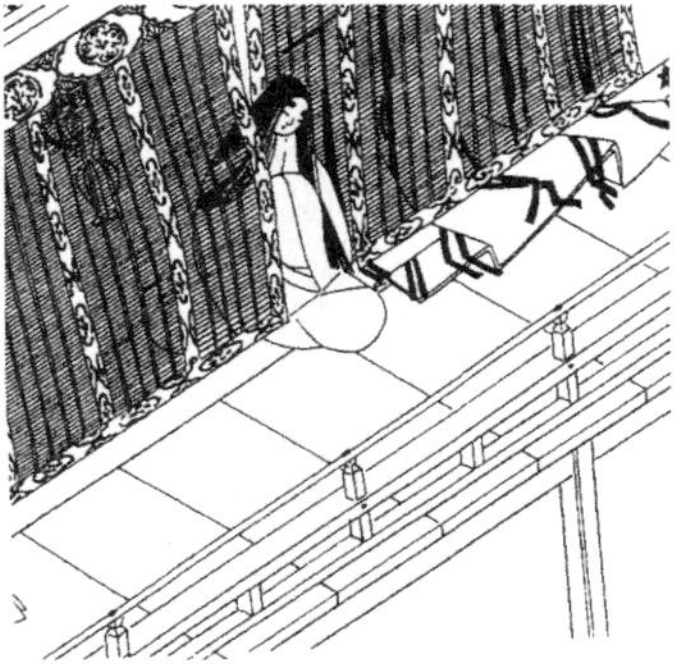
御簾《みす》

　目の前にある自分の手紙が、ふっと風にさらわれたように人に持っていかれてしまう。その手紙には、何が書いてあるかわかりません。他の人が見たら都合の悪い内容かもしれません。このように、王朝の手紙は危険に満ちていました。ちょっとしたことで他人の目に触れてしまうのですね。

　また、とんでもない例としては、同じ『枕草子』に以下のような恐《こわ》い話ものっています。これは「ねたきもの」ではなく、なんと「うれしきもの」にあげられているのです。

人が破り捨てた手紙を、つなぎ合わせて読んでいて、一続きになった文章を何行も何行も続けて読めた時は（うれしいものです）。

（『枕草子』二六一段）

人《ひと》の破《や》り捨《す》てたる文《ふみ》を継《つ》ぎて見《み》るに、同《おな》じ続《つづ》きをあまたくだり見続《みつづ》けたる。

人が破った手紙をこっそりとつなぎ合わせて読んでいる時に、破ってあるから、どことどこが続くのかわからなくなる、だから、それが何行も何行もスムーズに読めるとうれしくなってしまう……、と書かれています。うっかり手紙も捨てられませんよね。手紙は人に奪われてしまうし、捨てられた手紙は人に読まれてしまうのでした。今のようにセキュリティの観念や個人情報保護法はない時代でした。だから、こんな状態では、さきほどあげたような光源氏の危機管理も当然だったのです。

さて、このような危ない手紙の送受信。綱渡りのように危険がいっぱいで、何があるかわからない手紙たち。今までは実際の日常生活で起こった例をいくつか述べてきました。この不可思議で危ない伝達は、物語や作品のなかにも当然頻繁に出てきます。

ただ、これらの例は、「手紙を間違って別の人に渡してしまった」、「手紙が無くなった」といったような「事実」だけを伝えているわけではないのです。表現や筋立てのなかに、ある「翳《かげ》り」といったものをひっそりと落としていたのです。何らかの障害があって手紙が届かない、ということは、いうまでもないことですが、まっすぐに言葉や心が伝わっていかないことなのです。そのような連絡不行き届きは、作品のなかでさまざまな役割を果たしていました。ある時は、男女のせつない心のすれ違いを浮き立たせたり、またある時は筋の展開に暗い影を落としたり、そしてまた逆に障害を乗り越えてあらたな世界を見せてくれたり……。

「音信」とか、「書簡」とか、そういう具体的な名詞としての存在。王朝の手紙は、そのようなモノとしての性格をはるかに超えて作品のなかで生き続けていました。

表面のできごとに隠されたモノ言わぬモノたち。表側からはっきりとは見えないけれど、王朝の手紙たちは、心の襞《ひだ》にさまざまな光や影を投げかけていたのです。手紙の行き違いや消失が「困ったこと」だけではなく、人間関係をあらわす鎖のように重い役割を背負っていたのです。ただ一つの伝達手段がうまくいかない時、そこには手紙だけではなく、「心のすれ違い」もひっそりと隠されていたのでした。

悲しい空白

たとえば、次の例は『蜻蛉日記《かげろう》』のやるせなくも悲しいお話です。『蜻蛉日記』は藤原兼家《かねいえ》と道綱母《みちつなのはは》という夫婦の話が二十一年間も記されている、日記文学というジャンルの作品です。この作品の醍醐味《だいごみ》は、夫の兼家に対する伝わらない言葉と心が波のうねりのように描かれているところなのです。当時は、一夫一婦ではない世の中なので、兼家はあちらこちらに女性を作りました。そのたびに、道綱母は嘆いたり苦しんだり、心をずたずたに引き裂かれてしまうのでした。彼女は、この止《や》むに止まれぬ思いを兼家にぶつけようとします。ある時は手紙であったり、またある時は歌であったり、はたまた無言の抵抗であったり……。

でも、彼女の思いはなかなか通じません。身近な家族なのに、いや家族だからこそ通じない言葉たち。現代にも通じるコミュニケーション不全の問題が、この作品の根底には流れているのです。

それまでの物語類は、どちらかというと「言葉の力」が信じられるような、「言葉」によって人間関係が好転したり、和歌によって相手との距離が縮まったりする話が多かったのです。

ところが、『蜻蛉日記《かげろう》』はそのマイナス面――手紙で言葉を伝えようとしても大切な心が伝わらない――という真実を延々と二十一年間のできごとを使って書いてあるのです。「そんなつもりで書いたのではないのに……」と思うことは、今でもありますよね。「言葉」では「心」が伝わらない、という誰でもが経験する究極の悩み。それを実際の生活を中心に、細かい心の襞《ひだ》まで書き綴《つづ》ってあるのです。なかなか伝わらない自分の気持ちが、夫兼家《かねいえ》との手紙のやりとりのなかに、横たわっているのです。なお、この「言葉」と「心」の問題――なぜ気持ちが言葉では通じないのだろう――という『蜻蛉日記《かげろう》』のテーマが、後の『源氏物語』に引き継がれていくのでした。

さて、『蜻蛉日記』の説明が長くなってしまいました。次にあげるお話は『蜻蛉日記』の最後の方の場面です。実はこの少し前、兼家と道綱母《みちつなのはは》は実質上の離婚をしていました。道綱母は中川《なかがわ》という所に移り、すでに別居状態に入っていました。中川は今まで住んでいた都の高級住宅街からは、かなり離れている場所です。兼家が都から頻繁に通える所ではありません。二人の心も、そして現実的な距離も、むなしくはかなく、離れつつある状況でした。約二十年近くも続いた兼家との関係が途絶えて、終止符が打たれようとしている瞬間。ここには、「落とされた手紙」や「手紙無し状態」によって、二人の関係が崩れていくような雰囲気が立ち込めているのです。

そうして、二十日過ぎに今月もなってしまったけれど、あの人の訪れは途絶えたままでした。あきれたことに、「これを仕立ててほしい」と言って冬の装束が届

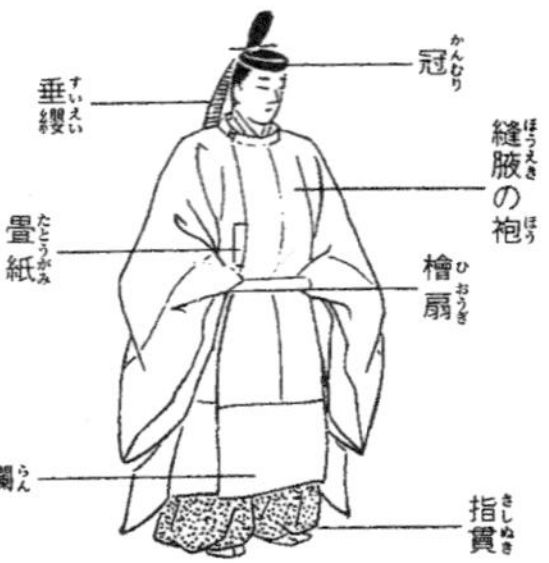

男性の装束

きます。使いが「お手紙がありましたが、どこかに落としてしまいました」と言うので、「ひどい話だわ。返事なんかしないでおきましょう」と言って、何がその手紙に書いてあったかは知らないままでした。頼まれたものは仕立てて、手紙もつけずに送り返しました。

（『蜻蛉日記』下巻）

さて、二十余日《はつかよひ》にこの月《つき》もなりぬれど、あと絶《た》えたり。あさましさは、「これして」とて冬《ふゆ》のものあり。「御文《おほんふみ》ありつるは、はや落《お》ちにけり」と言《い》へば、「おろかなるやうなり。返《かへ》りごとせぬにてあらむ」とて、何事《なにごと》とも知《し》らでやみぬ。ありしものどもはして、文《ふみ》もなくてものしつ。

兼家《かねいえ》から仕立物の依頼があったけれど、使いが手紙をどこかに落としてきてしまいました。仕方なく、兼家からの依頼の仕立物だけを道綱母《みちつなのはは》は送り返したのです。手紙がないので、こちらも手紙をつけないまま……。

道綱母が中川に転居をしたのは、八月下旬でした。ここの「二十日過ぎ」というのは、九月二十日過ぎのことです。道綱母が中川に移動してから、一か月近く兼家からは音信が途絶えたままだったのです。やっと連絡があったと思ったら、使いが手紙をどこかに落としてしまいました。頼んできたのは、冬の装束の仕立て。道綱母は裁縫や仕立物の名手として有名でした。今までも、兼家《かねいえ》は自分の身につける物だけは、他の女性ではなく必ず道綱母《みちつなのはは》に頼んでいたのです。今度の要請は、お正月の儀式に着る公的な着物。だから、兼家にとってどうしても必要な着物だったのです。二人の仲が決定的になっても、兼家は仕立物だけを頼んできたのでした。

　道綱母は手紙がないことに愕然《がくぜん》としながらも、仕立物だけを送り返しました。悲しみにただれたような心の痛みを伝える手紙も書かず、いや、書く気力もなく……。

　ところが、兼家は道綱母の孤独な思いを理解することなく、続けて非情な連絡をよこしたのです。

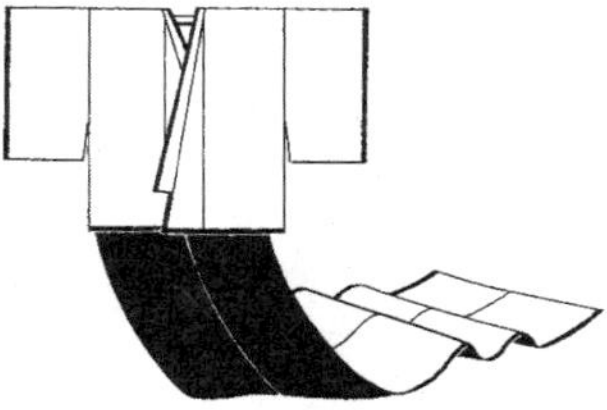
下襲《したがさね》

　九月の末ごろにまたしても、「殿が『これを仕立て直してほしい』とおっしゃっています」と、とうとう手紙さえもなく下襲《したがさね》だけを届けてくるのです。（同）

つごもりにまた、『これして』となむ」とて、果《は》ては文《ふみ》だにもならてぞ、下襲《したがさね》ある。

再び兼家は、下襲の仕立て直しだけを依頼してきたのです。下襲というのは後ろに長く引くので、かなり目立つ衣裳です。そのうえ、お正月用の公的な装束なら、なおさら人目につくのです。兼家は図々しく仕立て名手の道綱母に依頼を繰り返しました。もう自分とは別居している妻に……。ただし、今度は手紙すらもつけていなかったのです。

道綱母は、またこみ上げてくるつらい思いをじっと抑えながら、依頼のあった装束だけを渡しました。使いが落としてしまって手紙がない前回の依頼、そして今回の手紙すらもない要請。そこには兼家の稀薄な、というより仕立物さえできればよい、といったいいい加減な気持ちが流れています。使者に注意を払わない兼家、それは同時に道綱母に対する思いやりのなさ、気づかいのなさをはっきりとあらわしているのです。冬の風のような冷たさに向かって進んでいく関係が、粗雑な音信のやりとりのなかに「別離」という鐘を鳴らし続けているようです。案の定、二度目の仕立て直しに対しても、兼家の手紙はなかったのです。

（その後、道綱《みちつな》が）「父上は『とても美しくできたね』とおっしゃっていました」と伝えただけで、それっきりになってしまいました。

「『いと清《きよ》らなり』となむありつる」とてやみぬ。（同）

仕立て直した下襲への誉め言葉が、子どもの道綱を通して伝えられただけ。いくら誉められたといっても、それは単に口頭の言葉に過ぎません。文字の重みとは心の重さが違います。できた物に対する判で押したような儀礼的な挨拶のなかに、むなしく消えようとしている二人の関係が悲しく映し出されているのです。二人の心の交流は、川の流れがだんだんと細くなって涸《か》れていくように、もはや消えかかっています。怒っている時も、嘆いている時も、いさかいの間でさえも、長い長い間流れ続けていた心のコミュニケーション。二十年近くも続けてきた文字による伝達が、だんだんと幕を閉じる気配。それが濃厚に立ち込めていますね。うち続く別居後の音信不通、手紙を落としてしまう駄目な文使《ふみづか》い、そして手紙無しの事務的連絡だけが続くなかに、ひんやりとした二人の関係が象徴されています。

唯一のつながりは仕立物だけ。もう通っては来ない兼家《かねいえ》をくるむ衣、それを自分の手で作る道綱母《みちつなのはは》。嘆きながらも続けてきた「書き言葉」による二人の心の交流が、貝殻の蓋《ふた》が閉じるように、静かに、そっと、そして冷たく終わりを告げようとしています。

ただただ、道綱母は、一人で兼家の装束を調えています。たまらないさびしさを抱えながら……。

妖《あや》しい恋とずれた手紙

このように、「手紙」というのは、人と人との架《か》け橋をあらわしていました。ある時は拒絶に近い落ちかかった悲しい橋であったり、ある時は瞬時に架かる虹のようなうれしい橋であったり……。

ところで、他の人がこの架け橋を見たために、別のとんでもない架け橋を作ってしまうこともありました。今度のお話は、そういった手紙のマイナス部分——うっかり他の人に見せてしまったこと——が、危ない関係を作り出してしまった、という恋のお話です。

『源氏物語』の最後の十帖は「宇治十帖《うじじゅうじょう》」とよばれます。今回はそこに出てくる奇妙な送受信を見ていきましょう。ここでは、別の人が手紙を見たことで、思いもつかない恋が、回転をはじめてしまうのです。

まず、人間どうしが複雑にからまっているので、最初にざっと登場人物を紹介しておきましょうね。

『源氏物語』第三部の舞台の中心は、都から離れた宇治。この「宇治十帖」のお話は、まるで宇治川のように、さまざまな恋が、激しい渦を作りながら流れていくのです。

まず男性の主人公は、匂宮《におうみや》と薫《かおる》。彼らは都の貴族で身分が高い男性たちです。この二人はよきライバルであり、親友でもありました。東宮《とうぐう》（「東宮」は次の天皇になるべき皇子）候補の匂宮は、親友の薫よりも自由が規制されています。そして、このうるわしい男性たちと光源氏の弟、八宮《はちのみや》の娘たち――大君《おおいぎみ》、中君《なかのきみ》、浮舟《うきふね》――がからんで、はかない恋物語が織物のように繰り広げられていくのが「宇治十帖」です。

彼女たちの父親である八宮は光源氏の弟（母は違う）ということで、政争に利用されてしまい、宇治に隠棲《いんせい》していたのです。大君、中君の母親は、中君を出産した後に、かわいそうに命を落としてしまいました。だから、八宮は男手一つで二人の娘を育てていたのです。没落したとはいえ、父親の八宮《はちのみや》は、もとは都の貴公子。この父親から彼女たちはさまざまな教養をしこまれていました。

そして、もう一人の女主人公、浮舟《うきふね》は彼女たちの異母妹にあたります。父は八宮ですが、母は大君《おおいぎみ》、中君《なかのきみ》の母とは違います。母は中将《ちゆうじよう》の君《きみ》といって浮舟を産んだものの、八宮から冷たくされて、常陸介《ひたちのすけ》（常陸は現在の茨城県、介は地方次官）の後妻になりました。浮舟は東国で育ったので、大君や中君と違って、やや素朴で粗削り、都の姫君とはかなり隔たった育ち方をしたのです。でも、母の中将の君は、何とかして浮舟を都の貴族と結婚させたいと思っていました。そして、自分とは違う幸せな生活をしてほしい、華やかな人生を送ってほしい、と願っていたのです。

ところで、男主人公の一人である薫《かおる》、彼の父親は母の女三宮《おんなさんのみや》が密通した相手、柏木《かしわぎ》なのです。それを知らない薫は、出生の秘密、自分の父親が光源氏ではないかもしれない、という不安を抱え続けていたのです。彼はいつも解決のつかない不安という闇のなかをさまよっていました。そして、こんな状態から自分を救い出してくれるのは、仏道――仏様の教え――しかない、と一途に考えていました。そのようなことから、法《のり》の道に詳しい八宮と知り合いになるのです。そして、薫は、八宮の仏道に対する知識や理解に惹かれて宇治に通うようになりました。

薫が、宇治に通い出して三年目。ふとしたことから見た宇治の姉妹のうち、姉である大君に恋をします。でも、大君は薫との関係を拒み続けて、むなしくあの世に旅立ってしまうのでした。一方、妹の中君は、匂宮《におうみや》と結ばれます。

その後、薫の方が、匂宮と結婚した中君に、こともあろうに結ばれなかった「大君」の面影を見いだすようになってきてしまうのです。そして、大君の妹、現在は「匂宮」と結婚をした中君に急接近を始めるのです。このような薫の執拗《しつよう》な恋慕から逃れるため、中君は異母妹の浮舟のことをつい薫にほのめかしてしまうのでした。そして、薫が乗り気になったころ、浮舟は一時、中君邸に預けられることになりました。

――さて、だいぶ前置きが長くなってしまいましたね。実は、この浮舟が中君邸に預けられた時に、大変なことが起きてしまうのです。中君の夫である匂宮、薫にくらべて女性関係が派手な匂宮が浮舟に目をつけてしまったのです。妻の異母妹とも知らずに、匂宮は中君邸にいる若くかわいらしい浮舟に言い寄ります。何とか危ないところは切り抜けましたが、これ以上浮舟《うきふね》が中君《なかのきみ》邸にとどまるわけにはいきません。なにしろ浮舟は中君の異母妹で、浮舟の母親が頼み込んで中君のもとに置いてもらったのですから……。そのうえ、浮舟は異母姉である中君のことを、心の底から慕っていました。だから、中君の夫である匂宮《におうみや》が浮舟と関係を持ってしまったら、大変なことになってしまうのです。母は、あわてて中君邸から浮舟を連れ出し、隠れ家にひっそりと彼

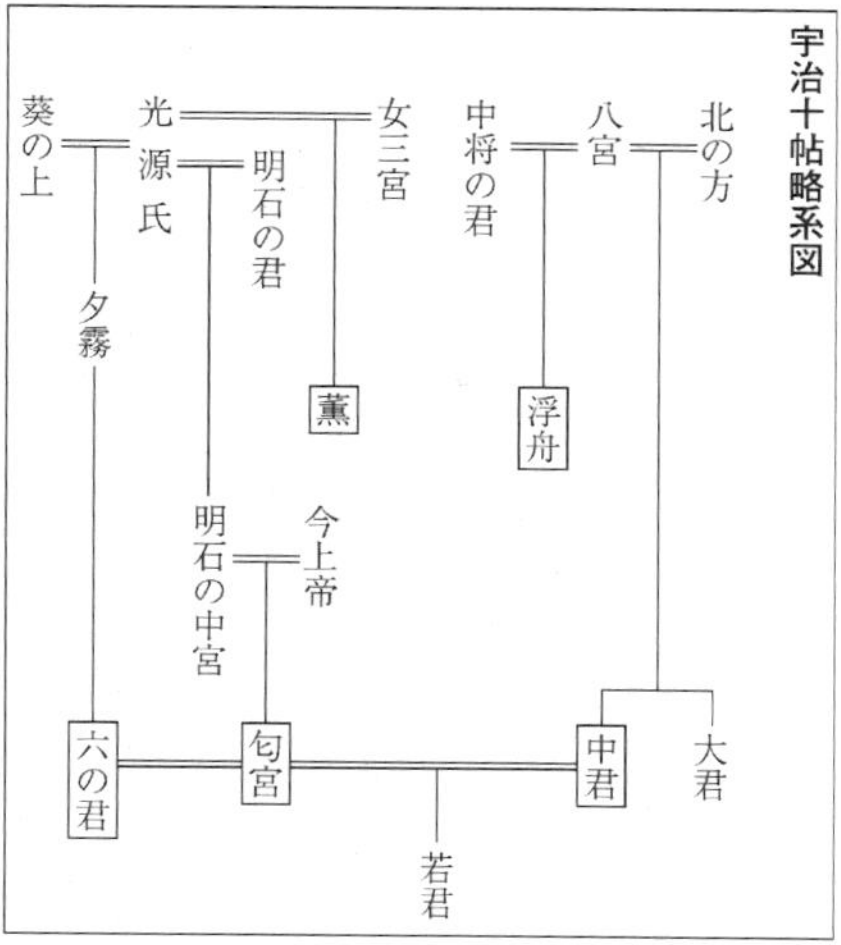

鬚籠《ひげこ》

女を住まわせました。

そこに薫《かおる》が登場し、めでたく薫が浮舟と結ばれます。そして大君《おおいぎみ》が住んでいた思い出の宇治に浮舟を連れていき、当初の計画通りこれで一件落着。と思いきや、手紙が一役買って、予想外の別の筋——妖《あや》しい秘密の恋——を誕生させてしまうのでした。

薫にくらべて、女性に目のない匂宮は、かつて中君邸で会った浮舟をずっと忘れることができません。そして、何とかしてこの女性を捜し出したいと思い続けています。そのような折も折、中君の所に宇治の浮舟のもとから新年の手紙が届きます。そしてまた、不運なことに匂宮もその場に居合わせてしまったのです。

匂宮が居るのにもかかわらず、これらの手紙を持って、ばたばたと童《わらわ》が走ってきました。匂宮が不審に思ってどこから来たか聞き出します。すると、気の利かない童が「宇治から」と答えてしまったのです。薫と中君の間を疑っている匂宮は、はじめはそれが薫から来たものか、と疑います。そして、なんと童から手紙を取り上げてしまったのです。

匂宮は、まずお正月のさまざまな贈り物（鬚籠《ひげこ》、小松《こまつ》）につけてある手紙を見ました。鬚籠は、編み残した端が鬚のように出ている籠のことです。ただし、この鬚籠は竹の籠ではなくて、針金で作られ色がつけられていました。また小松はお正月の子《ね》の日《ひ》（正月の子の日に小松を引いて千代を祝う行事）にちなんだ植物です。そしてこちらも作り物の小松でした。この贈り物についていた手紙は、単に儀礼的な内容でした。その後、匂宮は、いったい誰からだろう、と目を光らせながらもう一通の立文《たてぶみ》（正式な書状）を開けて見たのです。もしかするとこちらが薫の手紙かもしれない、と疑いながら……。すると、ここには驚くべきことがしたためられていたのです。

新年になりまして、いかがお過ごしですか。あなたのまわりもどんなにか多くの楽しくうれしいことがございますでしょう。こちらのお住まい（宇治）は、とても行き届いたすばらしい所ではございますが、この姫君（浮舟）にふさわしくないのでは、と思うのでございます。ここでじっと物思いに沈んでばかりいらっしゃるよりは、時々そちら（中君邸）にうかがって気晴らしされれば、と考えもいたしますが、姫君は恥ずかしく恐いことがある、と思い込んでいらして、気が進まないことだわ、と嘆いていらっしゃるようです。さて、姫君（浮舟）は、若君様に卯槌《うづち》（お正月に作る魔除け。桃の木などを四角に切って、五色の組み糸を垂らしたもの）を献上されます。ご主人様（匂宮）がご覧

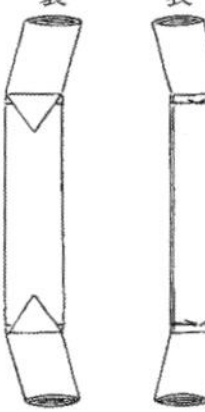

立文《たてぶみ》

卯槌《うづち》

にならない時にお目にかけて下さい、とのことです。（『源氏物語』「浮舟《うきふね》」）

年《とし》あらたまりて何事《なにごと》か候《さぶら》ふ。御《おほん》わたくしにも、いかに楽《たの》しき御喜《おほんよろこ》び多《おほ》く侍《はべ》らむ。かくてここにはいとめでたき御住《おほんす》まひの心深《こころぶか》さを、なほふさはしからず見奉《みたてまつ》る。のみつくづくとながめさせ給《たま》ふよりは、時々《ときどき》は渡《わた》り参《まゐ》らせ給《たま》ひて、御心《おほんこころ》も慰《なぐさ》めさせ給《たま》へ、と思《おも》ひ侍《はべ》るに、つつましく恐《おそ》ろしきものに思《おぼ》しとりてなむ、もの憂《う》きことに嘆《なげ》かせ給《たま》ふめる。若宮《わかみや》のお前《まへ》にとて、うづち参《まゐ》らせ給《たま》ふ。おほきお前《まへ》の御覧《ごらん》ぜざらむ程《ほど》に、御覧《ごらん》ぜさせ給《たま》へとてなむ。

これは、浮舟《うきふね》の侍女《じじょ》（主人の世話をする女性たち。右近《うこん》）から中君《なかのきみ》の侍女（大輔《たゆう》）に宛てたものでした。そこには、浮舟の行動や気持ちがつぶさに書かれていました。そしてこの手紙には、「恥ずかしく恐いことがある」と記されていたのです。この「恥ずかしく恐いことがある」というのは、例の匂宮《におうみや》が中君邸で迫った時のことです。そのうえ、お正月用の魔除《まよ》けも若君（中君の子ども）宛てなのはいいけれど、ご主人様（匂宮）には秘密にして下さい、と書いてあったのです。この手紙を見て、匂宮は何もかも了解してしまいました。この手紙類が浮舟の家から来たことを……。そして浮舟が宇治にいることも……。

浮舟（上）を慰める中君（左から二人目）（『源氏物語絵巻』東屋一）

もともと中君に来た手紙。それを匂宮が正式な受信者でもないのに、横から奪って見てしまったのです。そこから、ひっそりと隠さなければならない重大な秘密が、一番知られたくない人に漏れてしまったのでした。

中君は、この危うい匂宮と浮舟の関係を知っていたし、自分の夫が女性に目がないことも知っています。だから、自分のうかつさを責めて、「浮舟に申し訳ないことをしました。幼い人が受け取ったのをどうして見なかったのですか」などとまわりの人たちを叱るのですが、もう取り返しがつきません。

案の定、匂宮《におうみや》は何とかして浮舟に接近しようといろいろ思案を巡らしはじめました。女性に執着する性格の匂宮は、浮舟捜しに奔走します。そして、薫《かおる》と縁故のある大内記《だいないき》（宮中の記録などを担当する職）を味方につけ、細かい調査を続けます。

そして、浮舟《うきふね》の居場所に乗り込んで行き、薫《かおる》の真似《まね》をして周囲をだまし、とうとう浮舟と関係を持ってしまうのです。すでに薫の恋人であった浮舟と……。

激しくはないけれど、穏やかでまじめな薫と結ばれた浮舟。それなのにとんでもない闖入者《ちんにゅうしゃ》が二人の間に割り込んでしまいました。匂宮《におうみや》は風のようにやって来て、浮舟の心と身体《からだ》を奪ってしまったのです。ここから話は、一挙に「宇治十帖」後半部のクライマックスに突入します。浮舟は二人の男性の板挟みになって苦しみ続け、最後にはとうとう宇治川に身を投げようとする痛ましい決意までするのです。

もしも匂宮が宇治からの手紙を目にすることがなければ……。このように、現実生活に起こっていた形——伝達のミス——が話にはめ込まれることによって、あらたな物語の筋が水の波紋のように広がっていきました。

予期せぬ受信者が物語の扉をあらたに開けてしまう筋立ての中心、そこには理不尽な受信者の匂宮がいたのでした。ところが、なぜか匂宮というのは、手紙のやりとりを混乱させてしまうのです。積極的ですべてを手にいれなければ気が済まない匂宮、そして特に目的が女性だった場合、どこまでも追いかけて行く匂宮の性格が、このような常識外れの行動、常軌を逸した行動とみごとに一致しているのです。匂宮の手紙によって、いつも話は切り裂かれ、ほころんでしまうのです。そして、そのほころびがいきなり織物を裂くように、一つの世界を壊してしまうのでした。

匂宮の手紙強奪《ごうだつ》事件

たとえば匂宮の「手紙強奪事件」はここだけではありません。さきほど「宇治十帖」の登場人物を説明した所で、「一方、妹の中君《なかのきみ》は、匂宮と結ばれます」（本章「妖《あや》しい恋とずれた手紙」）とお話をしました。では、この「結ばれた」関係はどのようなことから生み出されたのでしょうか。だいたい匂宮《におうみや》を宇治と結びつけたものは、何だったのでしょうか。

話はさかのぼりますが、匂宮が宇治の人たちとはじめて接触を持ったのは、初瀬詣《はつせもう》で（長谷寺《はせでら》に参詣《さんけい》すること。長谷寺は奈良県桜井市にある寺）の時でした。前出の浮舟発見事件からだいたい四年くらい前のことです。思えば、この時まで匂宮は八宮《はちのみや》をはじめとする宇治の人たち、もちろん、大君《おおいぎみ》や中君とも知り合いではありませんでした。親友の薫《かおる》から噂《うわさ》は聞いていたけれど、そしてまた好色な匂宮はとても心を動かされたけれど、直接宇治に行ったり、手紙をやりとりしたりする、などということはありませんでした。

ある時、匂宮《におうみや》は初瀬（長谷寺）にお参りに行くことになりました。当時は、初瀬詣での時に宇治が休憩所（中宿《なかやど》り）になることが多かったのです。そこで、匂宮一行は、夕霧《ゆうぎり》（後に匂宮の岳父となる）が持っていた宇治の山荘に立ち寄ります。匂宮は、もしかしたら薫《かおる》から聞いていた宇治の姫君たちに会えるかもしれない、と思って期待を抱きつつ宇治にやって来ました。

本来なら、山荘の持ち主である夕霧が迎えに来るはずだったのです。でも、夕霧が物忌《ものい》み（穢《けが》れを避けて家に籠《こも》ること）のために来られず、薫が夕霧の代理として、この山荘にやって来ました。当時は、このように遠い所へ旅行に出た時は——特に身分の高い人たちは——都が近づくと、都から迎えが来る慣習でした。

この匂宮たちがいた山荘は、八宮《はちのみや》邸の対岸にあったのです。華やかで賑《にぎ》やかな匂宮一行は、音楽を奏でながら、自然に囲まれた宇治の一時を満喫《まんきつ》していました。宇治川の川音と一つになって響き渡る楽の音、空に昇っていく笛の音。川を渡る風が、華やかな音を対岸の八宮邸に運んで行きました。懐かしい都が再現されたような音の共演が、もともと楽器に堪能な八宮の耳に届きます。そして、薫が八宮邸に行こうかどうしようかと悩んでいる、ちょうどその時、八宮本人から手紙が届いたのです。

山風《やまかぜ》にかすみ吹《ふ》きとく声《こゑ》はあれどへだてて見《み》ゆるをちの白波《しらなみ》

（『源氏物語』「椎本《しいがもと》」）

山風にのって霞を吹き散らしてしまうような楽の音。このうるわしい音が私の耳には届いています。でも、そちらの岸の白波が、私たちを隔てているように思えるのです。なぜならば、あなたが訪ねて下さらないから……。

これは、薫宛ての書状です。風を渡って来る楽の音を使いながら、自邸に来るよう、八宮が薫に催促をした歌でした。それなのに、この手紙はどうなったのでしょうか。本来なら薫宛てなので、薫が返事をしたためるのが普通です。それなのに、

匂宮は、あそこからだな、とご覧になってひどく興味をお持ちになり、「このお返事は私がしよう」とおっしゃって、

「そちらとこちらの川岸。そこに波がたって私たちの仲を隔てようとしても、やはり宇治の川風は、二つの間を吹き渡ってほしいのです。それと同じように、私はあなたと親しくなりたい」　（同）

宮《みや》、思《おぼ》すあたりの、と見給《みたま》へば、いとをかしう思《おぼ》いて、「この御返《おほんかへ》りはわれせむ」とて、

「をちこちのみぎはに波《なみ》はへだつともなほ吹《ふ》きかよへ宇治《うぢ》の川風《かはかぜ》」

という不思議な状況が展開されてしまったのです。そうです、匂宮《におうみや》は薫《かおる》に来た手紙に、横から返事をしてしまうのです。これが、後々、波乱を呼び起こす匂宮と八宮《はちのみや》一家との関係、その出発点となったのでした。この後、匂宮は中君《なかのきみ》と手紙を交わすようになります。横からの闖入者《ちんにゅうしゃ》匂宮は、このように「宇治十帖」の始発から受信者でもないのに返事を書いて、手紙のマイナス面を背負っていたのです。それがまた、大君《おおいぎみ》、中君、薫たちの穏やかな世界に、激しい亀裂を呼び起こしてしまうのでした。

模範的で何事もない手紙のやりとり。そこからずれた手紙の交換のなかで匂宮はいきなり動き出します。このリスクを負ったやりとりは、匂宮の性格――何があっても女性を追い求める――と太い線でつながっているのです。

そして、匂宮は吹きすさぶ風のように、川の流れを、話の流れを変えてしまいました。まるで宇治川に激しい波を起こす風のように……（第五章、第七章参照）。

第二章　手紙を運ぶ人たち

文使《ふみづか》いの職務内容

今の手紙は日本郵便株式会社などで配送されます。とはいっても、やはり直接家のポストに入れるのは、配達をしている人々です。彼らの力、人間の力によって手紙や葉書が配達されるのです。これは大変な仕事です。郵便物の配送量と運ぶ人の数を比べれば、苛酷《かこく》な労働といえるでしょう。ただし、メールやラインなどがあっても、手紙や葉書はなくなりません。日数はかかるけれど、確実に届くからでしょう。重要な書類などは、今でもメールではなく郵便物で出す場合が多いようです。では、メールはどうでしょう。すばやさという点では優れていますが、やはり正確性や確実性に欠けるところがあるのではないでしょうか。なぜならば、予期せぬ障害が起こってしまうからです。いざという時にコンピュータが壊れていたり、携帯の電池が切れていたり……。なぜか機械というのは、肝心な時に限って壊れてしまうものですね。

それでは王朝のころ、手紙の送受信を実際に担当していたのは、いったい誰だったのでしょう。この取り次ぎ係は通常「文使《ふみづか》い」といわれていました。ただし、このメッセンジャーは、今のように大きな会社組織で働いていたのではなく、それぞれの家にいた召使いがやっていたのです。

彼らもまた、いろいろな障害を乗り越えて運ばなければなりませんでした。運ぶのは軽い手紙だけとは限りませんし、また距離も都のなかだけとは限りません。天候も晴れている日ばかりではありません。大雨の日も雷が轟《とどろ》く日も、そして凍えるような大雪の日も、一目散に手紙を届けなくてはなりませんでした。そしてまた、彼らの働きによって、スムーズに仲が進展したり、はたまた話がこじれたりすることもあるのですよ。取り次ぎ係が手紙を落としてしまったり、ぐずぐずしていたりしたら、どうなるでしょう。すぐに手紙が来ないことで、手紙の交換をしている人たちの関係が断ち切られてしまうことだって出てくるのです。

網の目のように神経を張り巡らせ、機敏に働いていた文使いたち。彼らがいなければ、太陽のような熱い思いも、北風のような侘《わ》びしい気持ちも、そしてニュースのような一大事も伝えられなかったのです。

文使《ふみづか》い

それでは彼ら——重大な任務を帯びた「文使い」——は、家にいるどんな職種の人がやっていたのでしょう。そして実際のところ、どんな仕事内容だったのでしょうか。今度はそれについて少しお話ししていきたいと思います。

（主人は）白い単衣《ひとえ》のかなりしぼんだのを、

じっとみつめながら後朝《きぬぎぬ》の手紙を書き終わりました。前にいる侍女《じじょ》にも手紙を渡さず、わざわざ立って行って、小舎人童《こどねりわらわ》や、こうした場合にふさわしい随身《ずいじん》などを近くに呼び寄せています。主人はまた、ひそひそと低い声で何か言い含めながら、手紙を渡しました。その使いが立ち去った後も、長い間じっとぼんやりして……。

（『枕草子』一八四段）

白《しろ》きひとへのいたうしぼみたるを、うちまもりつつ書《か》き果《は》てて、前《まへ》なる人《ひと》にも取《と》らせず、わざと立《た》ちて、小舎人童《こどねりわらは》、つきづきしき随身《ずいじん》など、近《ちか》う呼《よ》び寄《よ》せて、ささめき取《と》らせて、去《い》ぬる後《のち》も久《ひさ》しうながめて……。

白い単衣《ひとえ》（下着）が、恋の涙に濡《ぬ》れてしっとりと萎《な》えているのをみつめながら、この家の主《あるじ》は「後朝《きぬぎぬ》の手紙」を届けようとしています。「後朝の手紙」とは、男女が愛し合った翌朝、男性が送る手紙のこと（「後朝の手紙」については第五章参照）。彼は昨夜の甘い余韻にひたりながら、やるせない、そして熱い恋の思いを一刻も早く相手の女性に届けようとしています。

ただし、「後朝の手紙」は他の人に知られては困ることもあるので、発信するのもなかなか大変です。だから、ここではいつも世話係として君臨している「侍女《じじょ》」には渡しませんでした。こっそりと「小舎人童《こどねりわらわ》」や「随身」を呼び寄せました。そう、彼らが文使いとして作品のなかに登場する人たちなのです。

まず、「小舎人童」は、通常身分の高い人に仕える少年を指します。また、「随身」はもともと主人を護衛する役目でしたが、家来としても主人のために働いていたのです。二つの職業とも、主人のことをよく知っている――日常生活も秘密の恋も――腹《ふく》心《しん》の家来なのです。

ここでも何か意味ありげなことを、この男性は文使いに耳打ちしているようです。たぶん、「今晩も行くことを伝えておきなさい」といったような秘密の話を、他の人には聞こえないようにこっそりと伝達したのでしょう。

随身《ずいじん》

このように主人の秘密も行動もよく知っている部下、常に主人の気持ちを察知できる小舎人童や随身たちは文使いとして最高でした。でも、あまりその性格を知らない文使いだと、手紙を出したものの心配や不安ばかりが募ってしまいます。本当に手紙を渡したのだろうか、途中でどこかに落としたのではないか、はたまた別の人に手紙を渡してしまったのではないか……。手紙を出した方は、使いが戻ってくるまで、気が気ではありません。
そしてまた、おそろしいことに、手紙が届かなければ文使いの失敗だけではすまされません。なぜなら、恋のメッセンジャーの仕事が駄目だと、砂山が崩れるように二人の関係が壊れてしまうかもしれないからです。また、家から他所《よそ》へと運ぶ公式の手紙を無くしてしまったら、その家の信用にもかかわります。だから、この伝達係を選ぶことはとても慎重に行われました。

大切な信頼関係

今度、新しく入った者で、まだどんな性格かわからない人物に、大切なものを持たせて、お使いに出したところ、戻って来るのが遅い時は（心配でたまらない）。

（『枕草子』六七段）

今出《いまい》で来《き》たる者《もの》の、心《こころ》も知《し》らぬに、やむごとなき物《もの》持《も》たせて人《ひと》のもとにやりたるに、遅《おそ》く帰《かへ》る。

これは、『枕草子』の「おぼつかなきもの」の段です。「おぼつかなきもの」というのは、「心配でたまらないもの」という意味です。新人の文使いがなかなか戻って来ません。新人だからどういう性格かわからない。だから、不安が波のように押し寄せてくるのです。

いつも使っている伝達者とは違う人間。いったいこの新人は、几帳面《きちょうめん》な性格なのか、はたまたルーズな性格なのか。それがわからなければ本当に心配です。気心が知れない人を橋渡し役にすると、はらはらしますね。大切な贈り物の使いなら、なおさらです。その使いが戻ってこないと、主人の方は心配で凍りつきそうになってしまいます。

だいたい第一章で述べたように、王朝の手紙は危険に満ち満ちています。ですから、文使いとの信頼関係がないと、主人の方が、心配という暗闇から抜け出せなくなってしまうのです。主人と文使いは、信頼という強い絆《きずな》で結ばれていなければなりませんでした。

美形でスリムな文使い

また、文使いは、あらゆる危険を乗り越えて、すばやく手紙を届ける役目を負っていました。だから、あまり年をとった人は文使いには適さないことが推測できます。天気も、常に晴れているとは限りません。豪雨だったり、大雪だったりするなかを走り回らなければいけないのです。時間も、瞬く間に過ぎ去っていきます。天候や時間がいつも文使いの味方とは限りません。
それでは、このような激しい働きをしている文使いの理想像、当時の人たちが考えていた好ましい文使い像はどのようなものだったのでしょうか。体力や気力が必要とされることはわかります。でも、それだけが文使いの条件ではありませんでした。

用事で外出中に、美しいうえに痩《や》せている男性が、立文《たてぶみ》を持って急いで行くのは、いったいどこに行くのかしら、と目を留めてしまいます。（『枕草子』二二二段）

ものへ行《ゆ》く道《みち》に、きよげなる男《をのこ》の細《ほそ》やかなるが、立文持《たてぶみも》ちて急《いそ》ぎ行《ゆ》くこそ、いづちならむと見《み》ゆれ。

立文《たてぶみ》というのは、前にも出てきましたが（第一章「妖《あや》しい恋とずれた手紙」）、正式な書状で長いのです。それを持って急いでいる文使いは美しくて、そのうえ痩せています。細長い書状は痩身《そうしん》の文使いとぴったり重なって、人間と手紙が美しく照り映えていますよね。思わず彼のことを清少納言もみつめてしまいました。
身のこなしが軽いことが必要となる職種なので、当然、太ってのろのろしていると、その働きぶりとマッチしないのですね。文使いの理想像は、美形でしかも痩せていなければなりませんでした。緊張感あふれる文使いの姿、いかにも几帳面で、細身の文使い。その雰囲気は、長方形に折り目正しく整えられた立文の形と美しく重なって「正確さ」を醸《かも》し出しているのですね。また同じ『枕草子』のなかには、随身《ずいじん》と思われるほっそりとした人が、雪の降るなか、傘をさして手紙を届ける場面も出てきます(『枕草子』二七九段)。やはり、痩身の文使いは、速度性や敏捷《びんしょう》性にあふれる、その働きにふさわしい姿だったのです。

王朝恋文集と文使いたち

ところで、この文使い(小舎人童《こどねりわらわ》、随身)のなかでも、すばらしい文使いが登場する作品があります。それは『和泉式部日記』です。『和泉式部日記』は和泉式部という恋多き女性と帥宮敦道《そちのみやあつみち》親王との手紙のやりとりが書かれている作品。このなかには熱い恋の、はかなくやるせない、そしてうるわしい手紙がたくさん描かれています。この作品は、まさに王朝の恋文作法決定版といえるでしょう。

今、「王朝の恋文作法決定版」と言いました。実は、この作品の作者である和泉式部が手紙名人であったことは、当時かなり有名だったようです。それは、紫式部が書いた和泉式部のプロフィールにも出てくるのです。

和泉式部という人は、すばらしくすてきな手紙をやりとりした人なのです。でも、彼女には、モラルに反した所があります。ただし、気楽に手紙をぱっと書いたりすると、とても才能のある人で、ちょっとした言葉もきらきら輝いて見えるようです。歌はたいへん上手。でも、歌の知識や理論的な面は苦手で、本格的な歌人とは言えないみたいです。ただ、すらりと口から出た歌などに、必ず「これはすごい」という部分があって、人の目を引く言葉が歌のなかに詠み込まれていたのです。

（『紫式部日記』）

和泉式部《いづみしきぶ》といふ人《ひと》こそ、おもしろう書《か》きかはしける。されど、和泉《いづみ》はけしからぬかたこそあれ。うちとけて文《ふみ》はしり書《か》きたるに、そのかたの才《ざえ》ある人、はかない言葉《ことば》の、にほひも見《み》え侍《はべ》るめり。歌《うた》は、いとをかしきこと。ものおぼえ、うたのことわり、まことの歌詠《うたよ》みざまにこそ侍《はべ》らざめれ、口《くち》にまかせたることどもに、かならずをかしき一《ひと》ふしの、目《め》にとまる詠《よ》みそへ侍《はべ》り。

紫式部から見た和泉式部評です。このなかにある「モラルに反した所」というのは、和泉式部の男性関係が派手で、恋多き女性であったことを指しています。名前が残っている恋人や結婚相手だけでも四人（橘 道貞《たちばなのみちさだ》、為尊《ためたか》親王、敦道《あつみち》親王、藤原保昌《やすまさ》）はいました。それ以外にも彼女の歌のなかで推測される恋人たちは、少なくみつもっても十人以上はいたのです。でも、これが彼女のすばらしい作品を生み出す源泉だったのです。紫式部は厳しい評価を下していますが、和泉式部の情熱が数多くの名歌や『和泉式部日記』を生み出したのです。和泉式部は、現実の恋から魔法のような言葉を生み出すことができる女性でした。紫式部は文学者ですから、当然、和泉式部の才能の源泉、言葉の源を見抜いていたのです。だからこそ、その本質を突いたのですね。紫式部自身には真似のできない本質を……。

さて、この和泉式部評のなかで紫式部が絶賛している所を見ていくと、手紙と歌、この二点があげられています。歌は、他人には真似できない、美しい姿であったことはよく知られています。天才歌人にして恋愛歌人の和泉式部。ただし、ここでは彼女の手紙も「すばらしくすてきな手紙をやりとりした人」、「気楽に手紙をぱっと書いたりすると、とても才能のある人」と賞賛されているのです。和泉式部の言葉は、歌だけではなく、手紙のなかでも鋭い光を放っていたのですね。そのうえ、最近の研究では、この「すばらしくすてきな手紙をやりとり」という所が『和泉式部日記』そのものを指すのではないか、という見解まで出てきています。

そもそも和泉式部は紫式部と同僚で、敦道親王没後、紫式部の仕えていた彰子《しょうし》に仕えていました。とすれば、二人は同時代に同じ職場にいたわけで、紫式部が『和泉式

橘《たちばな》の花

部日記』を目にする機会はあったでしょう。だから、『和泉式部日記』――二人の手紙が宝石のようにちりばめられている――が、まさしく「すばらしくすてきな手紙をやりとり」した恋文集として読まれていた可能性も大きいのです。

実は、この恋文見本帳のなかには、小舎人童《こどねりわらわ》や随身《ずいじん》といった、重要な役割を果たしている文使いが何回も登場します。彼らはまるで文使いのお手本のように、風のようにすばやく、そしてまた機転を利かせて働くのでした。

この人たちがいなければ、和泉式部と敦道親王、彼らの恋の思い――一人ぼっちのさみしさや激しい恋の喜び――を届けることはできなかったのです。彼らが運ぶ手紙によって、二人が遠ざかったり、近づいたりしたのです。ある時は雪のように冷たく離れたり、ある時は太陽のように燃え上がる二人の心を運んでいたのは、彼らでした。だから、『和泉式部日記』の文使いたちは、二人の恋を取り持つ、なくてはならない大切な大切な人たちだったのです。

宮（敦道親王《あつみちしんのう》）がまだ邸《やしき》の縁先《えんさき》（縁側の外の方）にいらした時に、この童（小舎人《こどねり》童《わらわ》）が物陰の方で目立つような素振りをしました。宮はそれをめざとく見つけられて、「どうだった」とお聞きになります。女（和泉式部）からのお手紙を童が差し出しますと、宮はご覧になって……。

まだ端《はし》におはしましけるに、この童《わらは》、かくれの方《かた》に気色《けしき》ばみけるけはひを御覧《ごらん》じつけて、「いかに」と問《と》はせ給《たま》ふに、御文《おほんふみ》をさし出《い》でたれば、御覧《ごらん》じて……。

（『和泉式部日記』）

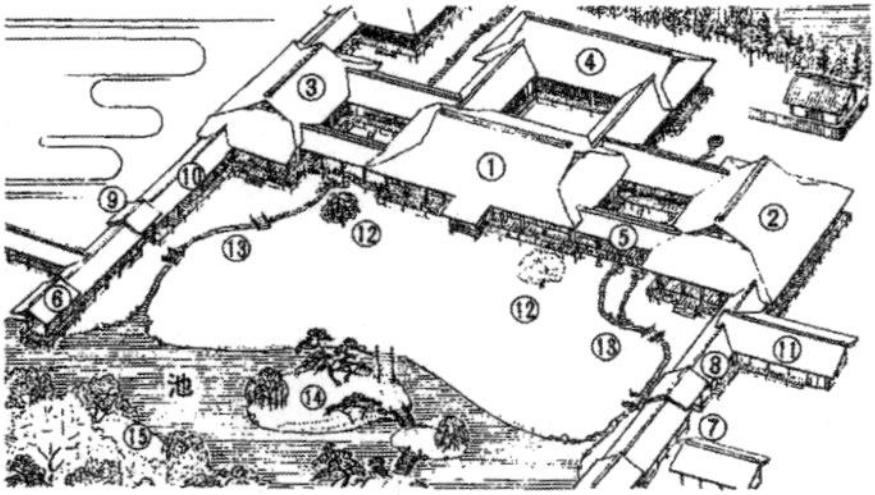

①寝殿《しんでん》　②東の対《たい》　③西の対　④北の対　⑤透渡殿《すきわたどの》　⑥釣殿《つりどの》　⑦東の中門《ちゅうもん》　⑧東中門の廊《ろう》　⑨西の中門　⑩西中門の廊　⑪侍所《さぶらいどころ》　⑫前栽《せんざい》　⑬遣《や》り水　⑭中島《なかじま》　⑮築山《つきやま》

平安時代の邸、寝殿造り

ここにあげたのは、和泉式部と恋人の敦道親王が出《で》逢《あ》うスタート場面です。小舎人童が、敦道親王からの橘《たちばな》の花を和泉式部に届けました。そしてまた、和泉式部の返事をその小舎人童が、敦道親王の邸に持って行ったのです。ただし、小舎人童はひっそりと目立たないように行動しています。それもそのはず、敦道親王には北の方（正妻）がいるので、当然燃えるような二人の手紙は極秘なのです。だから人目につくように手紙を渡したらまずいのです。いくら平安時代の邸が大きいからといって、誰が見ているかわかりません。かしこい童は自分の方から近寄っていって、いきなり手紙を渡したりはしませんでした。それとなく帥宮《そちのみや》にだけわかるように合図をしたのです。これが文使いの才覚です。

このように、『和泉式部日記』のなかの小舎人童や右近《うこん》の尉《じょう》（小舎人童と同じように手紙を運んでいた人）といった伝達者たちは、宮の前に他人がいると、決して和泉式部からの手紙を渡すことはしませんでした。また、それ以外でも、それとなく和泉式部の様子をさぐりに来たり、和泉式部が石山寺に籠《こも》ったという情報をそっと敦道親王に知らせたり、さまざまな活躍をしていました。彼らは、和泉式部と敦道親王の忍びの恋、月影のようにひっそりとした秘密の恋を守るために、なくてはならない脇役たちだったのです。

光源氏の独り言

さて、今までは職業を特定して、文使いの働きを述べてきました。もちろん、この人たち以外にも、主人のまわりにいる家来のなかには文使いの働きをした人もいます。小舎人童《こどねりわらわ》や随身《ずいじん》ではなかったけれど、自分が仕えている主人の気配を察して、手紙の送受信を助ける有能な人々が、作品のなかにしばしば登場します。そして、彼らは人の心の襞《ひだ》のような部分、繊細な思いを伝えてくれたのです。彼らの働きで、はかなく壊れやすい人の心と心が結ばれることもありました。
次にあげる光源氏の家来、惟光《これみつ》は最高に気が利いている文使いといえるでしょう。主人の光源氏の気持ちまで察して、俊敏に、機敏に動きました。それが光源氏と明石《あかし》の君《きみ》という女性の間の心を――あやうく切れそうになった二人の心を――つなぐことができたのです。蜘蛛《くも》の糸のように、もろく切れてしまう人の心。その心の裂け目を、彼は一瞬にしてもとに戻してしまったのです。

（光源氏は）堀江（天満川《てんまがわ》、今の大川）のあたりをご覧になって「今はた同じ難波なる」と思わずつぶやかれましたのを……。（『源氏物語』「澪標《みおつくし》」）

堀江《ほりえ》のわたりを御覧《ごらん》じて、「今《いま》はた同《おな》じ難波《なには》なる」と、御心《おほんこころ》にもあらでうち誦《ずん》じ給《たま》へるを……。

いきなりだとどういう話かわからないので、少し人間関係を説明しておきましょう。
まずここは、光源氏が住吉《すみよし》の神様にお礼参りに行った時の話なのです。光源氏は以前、右大臣方の計略により、須磨《すま》、明石《あかし》という所に流されていました。失意のなかで、光源氏は、最初須磨で過ごしていました。ところが、ここですさまじい暴風雨に遭ってしまったのです。その時に、住吉神社の神様に祈ったので、光源氏は無事に須磨から明石へと移ることができたのです。この場面は、その願いが叶《かな》えられたことに対するお礼参りの様子です。このころ、光源氏は須磨から戻ってめでたく都に返り咲きました。そして、今や内大臣《ないだいじん》という高い位になっています。

ところで、光源氏が明石にいた時に出会ったのが、明石《あかし》の君《きみ》です。明石の君の父、明石の入道は、娘を何とかして都の男性と結婚させようと、こちらも住吉の神を信仰し、毎年のように住吉の社に参詣《さんけい》しては願をかけていました。とうとうこの父の思いが叶い、光源氏が流謫《るたく》中に明石の君は光源氏と結ばれます。そして彼女は、光源氏との間に女の子をもうけました。光源氏にとってはじめての女の子。当時は女の子が東宮《とうぐう》（次の天皇になるべき皇子）などと結婚して、一族が権力を握ること、それが一つの理想だったのです。ちなみにこういう女の子を「后《きさき》がね」と呼びました。この「后がね」の可能性をはらんだ大事な女の子、光源氏の政治的なコマになる大切な女の子を明石の君が出産したのです。これは光源氏にとっても明石の君にとっても、大変な快挙でした。

でも、明石《あかし》の君《きみ》という人は、自分が地方の受領《ずりょう》（地方官）の娘に過ぎないことを常に忘れませんでした。彼女は、自分の「身の程」――都の華やかな姫君と違う自分の立場――をいつもいつもじっと嚙《か》みしめていました。

さて、この最初に掲げた所は、光源氏が住吉に詣《もう》でた時に、この明石の君も住吉に来ていた、という場面なのです。明石の君は光源氏が住吉に来ることを知りませんでした。偶然来合わせてしまったのです。

光源氏は陸路、明石の君は海路から住吉にやって来ました。今や内大臣となった光源氏の一行は、まさに飛ぶ鳥を落とす勢いです。大臣の住吉詣でなのでお付きの人の数も半端ではありません。またお供の人たちが着ている物も絢爛豪華《けんらんごうか》。光源氏が明石にいる時に、明石の君自身が見た光源氏の家来たちも、威光のなかで、今は別人のようにあでやかにきらめいています。特に光源氏の一子、夕霧《ゆうぎり》のまわりは他とは違う装束で、そのすばらしさは遠くからもはっきりとわかるのです。

明石の君は光源氏の子どもを産んだとはいえ、自分の立場をまざまざと見せつけられたような思いにさいなまれます。都の貴公子と自分の間には高い壁、越えられない壁が立ちはだかっていることを悟ります。自分は田舎の受領の娘。いくら光源氏の子を出産したからといって、その壁が一気に崩れるわけではなかったのです。きらめくような夕霧に対して、明石という地方でひっそりと暮らしている自分の娘。かわいそうな娘のことを考えるにつけても、彼女は海の底に落ちていくように、みじめな思いに沈んでいくのでした。そして、涙にむせびながら、住吉の社にも行かず、立ち去ってしまったのです。

そのような折も折、光源氏の最も信頼していた部下の惟光《これみつ》が、この明石の君の話を光源氏に伝えたのです。いろいろな予定があって忙しい光源氏は、すぐに手紙を出せません。ようやく堀江《ほりえ》という所で、何やら光源氏は口ずさんだのです（「今はた同じ難波なる」）。光源氏のそれとなく口をついて出てきたのは歌の一部。その歌は難波の名物「澪標《みおつくし》」と「身を尽くし」を掛けた情熱的な歌でした。「わびぬれば今《いま》はた同《おな》じ難波《なには》なるみをつくしても逢《あ》はむとぞ思《おも》ふ」（逢っても逢わなくても嘆きのつらさは変わらない、だからこれからは命をかけてでもあなたに逢おうと決意した。『後撰《ごせん》和歌集』九六〇番）という強い響きを持った恋の歌。

「澪標」というのは、水脈を知らせるための杭《くい》です。浅い所に舟が乗り上げたりしたら危険なので、その目印です。今いる所の名物「澪標」と「身を尽くし」が掛詞《かけことば》となって、波打つような恋の思いを放っている歌、その一部分を光源氏はそっとつぶやいたのでした。

それで、この後、いったいどうしたのでしょう。この光源氏の独り言に込められた思いはどうなっていくのでしょうか。

瞬間必殺技とモバイル

それをお車の側にいた惟光《これみつ》が、聞きつけたのでしょうか。「こんなご用もあるかもしれない」といつものように懐《ふところ》のなかに用意してあった柄《え》の短い筆などを、お車をとめた所でさしあげました。「よく気がつくな」と光源氏は感心されて、畳《たとう》紙《がみ》に、

「命がけであなたを恋い慕う甲斐《かい》がありました。『みをつくし』のある難波に来てまで、あなたとめぐり逢ったのです。あなたとはよくよく深いご縁なのですね」

と書いて、惟光にお渡しになったので、惟光はあちら（明石の君）の事情をよく知っている下人に持たせて届けたのです。

御《おほん》車《くるま》のもと近《ちか》き惟光《これみつ》、承《うけたまは》りやしつらむ、「さる召《め》しもや」と、例《れい》にならひて、懐《ふところ》にまうけたる柄短《つかみじか》き筆《ふで》など、御車《おほんくるま》とどむる所《ところ》にて奉《たてまつ》れり。「をかし」と思《おぼ》して、畳紙《たたうがみ》に、

「みをつくし恋《こ》ふるしるしにここまでもめぐり逢《あ》ひけるえには深《ふか》しな」

とて賜《たま》へれば、かしこの心知《こころし》れる下人《しもびと》してやりけり。（同）

家来の惟光は、いつも持っている短い筆などの携帯筆記具を取り出して、すぐさま

光源氏に差し出したのです。普通の硯箱《すずりばこ》は大きくて持ち歩くことができません（第四章「大きな大きな硯箱」参照）。でも、彼は、懐《ふところ》のなかに、いざという時のために小さな筆記具セットを用意していました。今のモバイルのようですね。家から一歩外に出ると、そこで何があるかわかりません。外出中に急いで手紙を出さなければならないこともあったでしょう。そのために彼はいざという時に備えて、この懐中筆記具を常備していたのです。そして、風のようにすばやくこの道具を取り出して、光源氏に渡したのです。惟光は、光源氏のつぶやいた言葉を聞いた途端、何も言われないのに光源氏の気持ちを察したのですね。明石の君に連絡を取りたいという光源氏のやさしさを、そして光源氏が明石の君を不憫《ふびん》に思った心を……。

旅行中なので、いつも使う薄様《うすよう》などのきれいな紙はありません。ただ、光源氏は畳紙（折りたたんで持ち歩く紙）を持っていました。光源氏は、その紙に歌を書きました。移動中であるにもかかわらず、惟光《これみつ》の咄嗟《とっさ》の判断で、光源氏は歌を書くことができたのです。

そして、この光源氏の歌のなかにも地名と重なる情熱的な言葉、「澪標《みおつくし》（身を尽くし）」が使われています。明石《あかし》の君《きみ》との偶然の出会い、それが「深いご縁」からきたものだ、という相手をいつくしみ、思いやる歌です。

便利なモバイルを持ち歩いていた惟光《これみつ》。そして、臨機応変に使う時を察して、光源氏に差し出すその行動力。惟光がいたからこそ、光源氏の気持ち、すなわち、明石の君に対する海のような深い思いを届けることができたのです。そしてまた惟光は、機転を利かせて明石の君の事情をよく知っている人を使いに出しました。明石の君の所に、間違いなく手紙が届くように……。気が利く惟光、細かい所まで神経を配っている惟光がいなければ、明石の君は、「やっぱり私は無視された」と嘆き続け、底なし沼のような失意のなかに落ち込んでいたかもしれません。

惟光は忠実な部下、というだけではなく、光源氏の心の動き、さざ波のような小さな動きまでも見逃さなかったのです。「小舎人童《こどねりわらわ》」といった立場ではありませんでしたが、光源氏の腹心として、惟光は十二分に、いやそれ以上に手紙のやりとりに重大な役目を果たしていたのです。

当時は、無事に手紙を届ける、というだけでも大変なことでした。だから、主人が言ったことを実行するだけでも、別に無能とは思われません。それだけでも、物を落としてしまう部下や文使いよりも、はるかに有能です。でも、本当に優れている家来はそれ以上の気働きができました。主人の心の奥底を瞬時に察知して、主人の背中を押す実行力があったのです。瞬間的な判断力と実行力。惟光はこれを兼ね備えていたのです。

惟光は、波の泡のように消えやすい人と人との絆《きずな》を、そっと横から結び直してくれました。このように手紙の取り次ぎ係が活躍して、人の気持ちを結びつけることもあったのです。彼らは、空間や多くの距離を移動して言葉だけを伝えていたわけではありませんでした。もっと大切なもの――ほどけそうな人と人との絆――をも結び直してしまう魔法のような力も持っていたのです。

第三章　王朝手紙の作法入門

手紙のポイント

今も書店に行くと、『心をつかむ手紙の書き方』、『ラインのマナー入門』、『メールの達人』といったようなタイトルの本がたくさん並んでいます。誰でも経験することですが、メールや手紙を書く時にはとても緊張します。どのようなことに気をつけたらいいのでしょうか。

いつの時代でも「書き言葉」の作法は難しいものですね。離れている人に「文字」で自分の気持ちを送るためには、気づかいが必要となります。内容以前のさまざまな気配りに王朝の人たちもかなり苦労をしたようです。意外な所で伝達における障害が山のようにたちはだかり、伝えたいことがこぼれ落ちてしまう手紙たち。いったいどのような方法で、王朝人は、それを乗り越えていったのでしょう。ここでは、王朝の人々が持っていた手紙全体の技術について少しお話ししていきたいと思います。

まず三つの基本事項をあげておきましょう。一つ目は速度、二つ目は言葉づかい、そして、三つ目は短さです。まず、速度についてですが、これは第二章の「文使《ふみづか》い」の所でも説明しました。言うまでもないことですが、今でもラインやメールの返事が遅すぎると距離感や心の空白が生じてしまいますね。

王朝のころも、手紙の速度にこだわる話が頻繁に登場します。実際、連絡手段が一つしかない――電話もメールもラインもない――のだから、もしもそれが来なかったら、並大抵の不安ではなかったでしょう。特に王朝手紙は闇に紛れてしまうような危険と背中合わせでした。その危険を乗り越えて時間を瞬時に羽ばたいていくことが、相手に対する思いやりだったのです。だから、手紙の速さというのは単にスピードを競うことではなく、自分の気持ちそのものをスピードであらわすことだったのです。

返事を待っている！　使い

それでは、この送信速度はいったいどのくらいだったのでしょうか。現在も、手紙やメールの返事がなかなか戻って来なければ、がっくりと落ち込んでしまいます。「返信はどうしたのかな」と思いながら、一日に何回もポストに行ったり、はたまたメールチェックを繰り返したり……。

ところで、王朝とか平安貴族というと、何となくおっとりとした優雅な印象を持ってしまいます。「時間にせかされて何かをする」などということはないのだろう、と思ってしまいがちです。手紙の往来も五日～一週間ぐらいで、のどやかで、ゆったりとしたやりとりを想像しますね。ところが、王朝手紙の送受信は、想像を超えるほどの、驚くべき速さだったのです。とりあえず、その例を次にあげておきましょう。

小少将《こしょうしょう》の君《きみ》が手紙を送ってきた、その手紙に返事を書いていると、時雨がさっと降ってきてあたりが暗くなりました。それで、使い（小少将の君の手紙を持ってきた使い）も帰りを急ぎます。だから、「私の心のなかの思いだけではなく、空の様子もざわついてきました」と書いて、腰折《こしお》れ歌（五・七・五・七・七の真中五句目で内容がきれてしまう歌のこと。転じてへたな歌）を追加したのだったかしら……。

小少将《こせうしやう》の君《きみ》の、文《ふみ》おこせたる返《かへ》りごと書《か》くに、時雨《しぐれ》のさとかきくらせば、使《つか》ひもいそぐ。「また、空《そら》のけしきも、うちさわぎてなむ」とて、腰折《こしを》れたることや書《か》きまぜたりけむ。

（『紫式部日記』）

これは『源氏物語』の作者、紫式部の書いた日記文学作品のなかの一齣《ひとこま》です。ここに出てくる小少将の君というのは紫式部の親友。彼女からの手紙を使者が持ってやって来ます。そして、返事を手にするまで、その場で使者がじっと待っているのです。ということは、手紙を受け取った方は、受信したその場で返事を書かなくてはならなかったのです。そのうえ、ちょうど雨が降ってきて、文使いは帰りをひどく急いでいます。紫式部は使いが待っている間に、短時間で手紙だけではなく歌まで書きました。

時間の間隔とも呼べないくらい短い間ですね。ゆっくりと考えながらつらつらと歌を書く、といった王朝貴族のイメージとはだいぶ違います。ところが、その後また、

もう暗くなっているのに、すぐに返事が……。（同）

暗《くら》うなりにたるに、たちかへり……。

と小少将の君から返事が到着。まるで携帯メールやラインのように、手紙が同日内に飛び交っています。

ところで、ここに「たちかへり」という言葉が出てきます。これは、さまざまな王朝作品のなかに登場します。手紙関係だと「すぐに手紙を出す」という意味です。恋人たちの手紙のやりとりから始まって、用件の伝達まで頻繁にこの言葉が使われるのです。当時の人たちがいかに「時」にこだわっていたのか、よくわかりますね。そうです、速度は「時」という具体的な間隔を超えて、相手を思う「強さ」をあらわしていたのです。親友でも恋人でも知人でも、時を辷《すべ》るように飛び交う手紙のやりとりが、二人の絆《きずな》を強く結びつけたのでした。

それにしても、手紙を書くことだけでも緊張するのに、歌まで作らなければならな

い、その時間の短さはまさに驚異的でした。

そして再度、なんとこの暗くなってから到着した小少将の君の手紙にも、前にどんな歌（腰折れ歌）を書いたのか思い出せないまま、すぐさま紫式部は手紙と歌を書いたのでした。手紙を受け取るやいなや、使いが待っている間に返事を書き、ほっとする間もなく、また手紙が到着してその返事を書く……。一日のうちに何度も何度も飛び交う手紙たち。王朝手紙のやりとりは、このように電光石火の早業だったのです。即座に書かないと間に合いません。王朝貴族のおっとりとしたイメージとはほど遠い「時間との闘い」。それが手紙の往来のなかで、相手を思う気持ちと鐘のように響き合っていたのです。

なお、先に（六四頁）、「〜かしら」というふうに自分のことなのに疑問形で書いてありますが、これは日記文学と呼ばれる作品によく出てくる「ぼかしモード」です。自分のことだけれど、昔のことだからはっきり思い出せないことをあらわしています。それにまた、はっきり思い出せないふりをして、ぼかして書くこともあったのです。

返信を超えたスピード

打てば響くように、羽ばたく手紙たち。この瞬間的なやりとりが王朝手紙の基本でした。今は『紫式部日記』の例を中心にそのスピードを見てきました。ところが、もっと信じがたいような速さを見せることもあったのです。それは『蜻蛉日記《かげろう》』という作品のなかに出てきます。この作品は前にも出てきました（第一章「悲しい空白」）。先の例は、二人の関係が終末に近づくころのお話でした。でもここの段階は、まだまだ二人が若くて熱いころの場面です。

月末のころ、あの人（兼家《かねいえ》）が二晩続けて姿をあらわさないことがありました。手紙だけを送ってきた、その返事に、

「消え入るような思いで私の袖の上は、涙もまだかわきません。そのうえ、今朝は空まで悲しみの涙でしぐれ、ひどくつらくて……」

（『蜻蛉日記』上巻）

つごもりがたに、しきりて二夜《にや》ばかり見《み》えぬほど、文《ふみ》ばかりある返《かへ》りごとに、

「消《き》えかへり露《つゆ》もまだ干《ひ》ぬ袖《そで》の上《うへ》に今朝《けさ》はしぐるる空《そら》もわりなし」

二人の新婚時代。道綱母《みちつなのはは》は十九歳くらい、兼家《かねいえ》は二十六歳の時の話です。結婚後間もないというのに、兼家は二日続けてやって来ません。ここでは「二晩続けて」という所がポイントです。なぜならば、三晩続けて他の女性の所に通っているとすれば、

その女性と結婚している可能性があるからなのです。この時代は一人ではなく、たくさんの女性と結婚できました。そして、結婚の条件として、男性が女性のもとに三日間連続して通うという風習があったのです。ということは、二晩連続というのは、あと一晩来なければ、兼家《かねいえ》が別の女性と結婚した可能性があるのです。さすがに兼家は、言い訳の手紙だけは送ってきました。それに対して彼女は、降る雨のような激しい不安に突き動かされて、歌の入った手紙を送ったのです。

涙で濡れた袖、それと同じように空まで涙でしぐれているよう……。彼女の歌には、さびしさでいっぱいになった悲しみがこぼれ落ちています。さて、その後この歌をもらった兼家は、どうしたのでしょうか。

折り返しすぐに、返事、

「あなたを思っている私の気持ち。それが空に通じたので、今朝は私の、この私の涙でしぐれて見えるのだろう」

と言って、私が返事を書き終わらないうちに、あの人が見えました。（同）

たちかへり、返《かへ》りごと、

「思《おも》ひやる心《こころ》の空《そら》になりぬれば今朝《けさ》はしぐると見《み》ゆるなるらむ」

とて、返《かへ》りごと書《か》きあへぬほどに見《み》えたり。

この追い詰められた道綱母《みちつなのはは》の歌に兼家はすぐにリアクションを起こしました。まず、兼家は即刻返信を出したのです。ここにも例の「たちかへり」が出てきますね（本章「返事を待っている！　使い」参照）。まるで道綱母の歌に突き動かされるように、間《かん》髪《はつ》を容《い》れず兼家は返事を送りました。道綱母の孤独、しぐれに濡れそぼったような彼女のさびしさをすぐさま感じ取った兼家。彼は、「そのしぐれは、あなたを思う私の涙なのだよ」という道綱母の心をやさしく包み込むような歌を書きました。でも、兼家の反応はそれだけではなかったのです。自分で返事を書いたものの、道綱母がその返信を書く前に一目散に飛んできてくれたのです。

兼家の行動はまるでスキーの直滑降のようにすばやかったのです。いうまでもなく、一瞬でもはやく道綱母を慰めたい、という気持ちに突き動かされているからですね。このように、速度というのは、単なる時間の問題だけではなく、相手に対する思いの深さをあらわしていたのですよ。

王朝の手紙は、谺《こだま》のようにすばやいやりとりが基本形。このスピード感覚は優雅さ以上に必要でした。悲しみに沈むどんよりした色、うれしさに染められた明るい色、着ている衣の色のように微妙で繊細な思い。それを一刻もはやく相手に届けるために……。

手紙の日本語チェック

それでは二番目の言葉づかいについてです。これは手紙作法のなかで、現在も昔も、最も難しいことです。目上の人、友人、見知らぬ他人。相手に応じて、さまざまなルールがあって、頭を悩ませるところですね。

相手を怒らせたりしないだろうか、誤解されたらどうしよう、また、敬語の使い方などが間違っていたらどうしよう……、などといろいろ考えを巡らせてしまうと、かえって手紙やメールを書く気持ちからどんどんと遠ざかり、つい、おっくうになってしまいます。それに話し言葉は消えてしまうけれど、書いた文字は残ります。そこが書き言葉の恐いところです。後々まで残るわけですから、もしも変な手紙を書こうものなら、王朝貴族の狭い世界だと噂になって広まるかもしれません。また、現在ほど情報の保護はされていないので、自分の手紙が、いろいろな人の目に触れてしまうかもしれません。だから、よけいに神経を張り巡らせて言葉選びをしなければなりませんでした。

手紙の言葉が失礼な人は、本当に腹立たしい限りです。世の中を舐《な》めたように書

き流している言葉が、もう許せなくて……。そんなに身分が高くない人の所へ、ばか丁寧《ていねい》に書くというのも確かによくないことです。でも、失礼な手紙は私自身が受け取ったのももちろん、よその人の所に来たのだって、怒りがこみ上げてきます。

文言葉《ふみことば》なめき人《ひと》こそ、いとにくけれ。世《よ》をなのめに書《か》き流《なが》したる言葉《ことば》のにくきこそ。さるまじき人《ひと》のもとに、あまりかしこまりたるも、げにわろきことなり。されど、わが得《え》たらむはことわり、人《ひと》のもとなるさへ、にくくこそあれ。

（『枕草子』二四七段）

ナンバーワンの王朝エッセイスト清少納言はさすがに言葉に対して敏感です。気をつかわずに書き流している手紙が許せない、また友だちどうしなのに、やけに丁寧で敬語ばかり使われているのもよそよそしくてよくない、と指摘しています。清少納言は、今でいうところの「ＴＰＯ」をわきまえていない手紙に怒っているのですね。きちんと書かれていない手紙に対しては、自分の所だけではなく、人の所に来た手紙にまで湧きたつ怒りをおさえられません。確かに今も昔も公的な手紙と通常の私信の間には隔たりがありますね。公的な手紙というのは一つの形があるから、そこからはずれていると、失礼にあたることもあります。また、逆に友だちに出す私信が敬語ばかりだと、それはそれで奇妙な手紙になってしまいます。相手によって文体を変えるのは、大変なことです。

そのうえまた清少納言は、文体だけでなく、手紙の言葉づかいに対してもこんな指摘をしているのです。

何を言うにしても、「そのことさせむとす」（それはそうしましょう）、「言《い》はむとす」（言いましょう）、「なにとせむとす」（どうこうしましょう）という「と」の文字を省略して、ただ「言《い》はむずる」（言いましょう）、「里《さと》へ出《い》でむずる」（里へ下がりましょう）などと言うのは、それだけでもひどくみっともないことです。まして、手紙に書くなんて、言語道断。

何《なに》ごとを言《い》ひても、「そのことさせむとす」、「言《い》はむとす」、「なにとせむとす」といふ「と」文字《もじ》を失《うしな》ひて、ただ「言《い》はむずる」、「里《さと》へ出《い》でむずる」など言《い》へば、やがていとわろし。まいて、文《ふみ》に書《か》いては、言《い》ふべきにもあらず。

（『枕草子』一八八段）

ここの段は「ふと心劣《こころおと》りとかするもの」（急に幻滅とかを感じるもの）が並べられている段です。会話で下品な言葉づかいをしてはいけない、というようなことがさきに書かれています。そして、そこには手紙に使ってはいけない文字の誡《いまし》めも添えられているのです。清少納言が怒っている言葉、それは、以下のような省略形でした。


「言《い》はむとす」→×「言《い》はむずる」

「里《さと》へ出《い》でむとする」→×「里《さと》へ出《い》でむずる」


言葉はどうしても使っているうちに短くなる傾向があります。清少納言は、普通の会話でも略して言ってはいけない、まして手紙に書くのは許せない、と怒りをあらわにしています。見てすぐわかるように、まるでこれは今の「ら抜き言葉」のよう。「食べられる」を「食べれる」、「見られる」を「見れる」は言語道断、といっているのと同じですね。ただし、ここでは「ら抜き」ではなく「と抜き言葉」なのですが……。

それでは、いったいぜんたいこのような失敗——手紙の言葉づかいのミス——をふせぐにはどのようにしたらいいのでしょう。清少納言のようなうるさい相手を怒らせない方法はあるのでしょうか。

よく昔から「手紙は夜出さないで、朝読み返して出しなさい」といわれます。夜という時間帯に書くと、どうしても表現が過剰気味になってしまいます。だから、頭のなかが冷静な朝という時間に読み返すのですね。メールに関しても、「いったん保存して、読み返すのがコツ」などと解説本には書かれています。そう、書いた直後に送るのではなく、何度も目を通すことが重要なのです。その時に激しい口調を直したり、はたまた言葉足らずの所をつけ加えたり、また単語そのものを別のものに換えてみたり……。特にメールやラインの場合は、ワンクリックで送信できるので要注意。この、再度自分の目で見て不都合な所は直す、というのが、書き言葉のコツでした。

後になって、しみじみと自分の書いた手紙やメールを見て、あの時しっかり見返しておいたら……、と思うのは、時代を超えても同じなのですね。なんと今まで出てきた、手紙言葉に神経過敏な清少納言でさえ、「ねたきもの」（しゃくにさわるもの）のなかで、自分の失敗談をこのように語っているのです。

人の所へこちらから送付するのも、人からの返事も、書いて持って行かせた後で、文字を一つ二つ、こう書いておけばよかった、と気がついた時。

（『枕草子』九一段）

人《ひと》のもとにこれよりやるも、人《ひと》の返事《かへりごと》も、書《か》きてやりつる後《のち》、文字《もじ》一《ひと》つ二《ふた》つ思《おも》ひ直《なほ》したる。

手紙を出してから、ここをこう書けばよかった、文字を書き換えておけばよかったと思う瞬間は誰にでもあります。そんな時には、本当にしゃくにさわってがっくりしますね。この訂正部分を出してから気づいても、もう後の祭りです。だから、出す前に自分の目で見返すことが必要になるのですね。この作業を前に述べたような短時間の手紙の往来のなかでするのは、かなり大変なことだといえるでしょう。でも、書き言葉の文字は、文字の形だけが単に刻まれているわけではないのです。時には、たった一言で相手に輝くような幸せを与えたり、またその反対に相手に深い傷を負わせてしまうこともあるのです。だからこそ、今も昔もラインやメールの言葉には、果てしない神経をつかうのです。

心を込めた短い手紙の姿

さて、最後に心を込めた短い手紙の姿についてです。当たり前のことですが、メールも手紙も、書いてあることがダイレクトに相手に届かなければ意味がありません。ただし、これがなかなか困難なことでした。それでは、いったい王朝の心を込めた手紙の姿はどのようなものだったのでしょうか。今度はその文章の秘技に光を当ててみましょう。

意外だと思われがちですが、王朝手紙は短い言葉でさりげなく相手を思いやるところが特徴だったのです。この短さが相手の気持ちをがっちりとつかんだのです。王朝貴族は、幾重にも衣を着て、ゆったりと筆を動かし、手紙をつらつらと長く書いているように見えますが、思いのほか、「短い手紙」というのが多いのです。

自分の真心を伝えたい、と思うとどうしても手紙やメールは長くなってしまいがちですね。でも、絵手紙などで季節の植物などがきれいに描かれた絵の横に、一言だけそっと書かれた「お元気で」という文字は、何千文字の手紙よりも心に響きます。それと同じように、手紙は長ければいいというわけではありません。それはメールも同じことですね。

また、短いだけにインパクトが強いので、清少納言が指摘しているように、相手の立場や言葉選びには十分気をつけなければいけません。もしも、短くて激しい言葉だと、逆に人の気持ちを深くえぐってしまうかもしれないのです。短い言葉というのは、空気のように相手にすらりと届くこともあります。でも、逆にこちらの意図とは無関係に、ちょっとしたことでも強く伝わってしまうことがあるのです。文字数が少ないので、印象が通常より強く伝わって誤解を招くことにもなりかねません。特に短く書くメールなどの時は、気をつけなければなりません。

ところで、次は、わずかな文字が心を揺らした模範例です。少ない言葉が光を放ち、雪が溶けるような思いやりを伝えることができたお話です。

短い手紙の二重奏

いつもとは違い、定子《ていし》様から何のご連絡などもなくて、何日も経ってしまいました。さびしくてぼんやりとしている、ちょうどそんな時に長女《おさめ》が手紙を運んできたのです。「中宮様（定子）から宰相《さいしょう》の君《きみ》を通じてこっそり下さったものです」と言って、私の実家だというのに、声をひそめているのも、あんまりです。「女房が代筆したものではないみたい」と胸をどきどきさせながら、急いで手紙を開けました。すると、紙には何もお書きにならないで、山吹の花びらをただ一枚だけ包んでいらっしゃるのです。そして、それには「言《い》はで思《おも》ふぞ」とお書きになっています。私は感激で、ここのところ連絡がなくて嘆き続けていた気持ちが、すっかり晴れてうれしさがこみ上げてきて……。

（『枕草子』一三八段）

例《れい》ならず、おほせ言《ごと》などもなくて日《ひ》ごろになれば、心細《こころぼそ》くてうちながむるほどに、長女《をさめ》、文《ふみ》を持《も》て来《き》たり。「御前《おまへ》より、宰相《さいしやう》の君《きみ》して、忍《しの》びて賜《たま》はせたりつる」と言《い》ひて、ここにてさへ、ひき忍《しの》ぶるも、あまりなり。「人《ひと》づてのおほせ書《が》きにはあらぬなめり」と、胸《むね》つぶれて、とくあけたれば、紙《かみ》には、ものも書《か》かせ給《たま》はず、山吹《やまぶき》の花《はな》びらただ一重《ひとへ》を包《つつ》ませ給《たま》へり。それに、「言《い》はで思《おも》ふぞ」と書《か》かせ給《たま》へる、いみじう、日《ひ》ごろの絶《た》え間《ま》嘆《なげ》かれつる、皆《みな》なぐさめてうれしきに……。

ある時、清少納言が仕えていた定子から手紙が届きました。実はこの当時、政治の世界では大変なことが起こっていたのです。中宮定子の父親である藤原道隆《みちたか》が亡くなり、権力闘争が始まってしまいました。そして、藤原道隆の子どもたち、つまり定子の兄弟たちが藤原道長《みちなが》の謀略によって左遷されてしまったのです。定子は出家して住む所も移ってしまいました。

ところが、なぜか清少納言が定子一族にとって天敵の道長と通じている、道長方の人間だ、という噂が立ってしまったのです。集団というものは、力がなくなってくると、なかにいる人々を疑い始め、疑心暗鬼《ぎしんあんき》になってくるものですよね。

そのようななかで、清少納言はすさまじいいじめに遭ってしまいました。清少納言が来るとみんなが話をやめて、彼女のことを完全に無視したり……。清少納言は、みんなの冷たい軽蔑の視線に取り囲まれていたのです。そのようなこともあって、さすがの彼女も実家に「引きこもり」状態となっていました。

出仕要請は、伝言で何回もあるのですが、そのまま無視していました。そうこうしているうちに時が経《た》ってしまったのです。清少納言が出仕しないので、悪い噂は波紋

定子（中央）と清少納言（右）（『枕草子絵巻』）

のように広がっていくようです。そのうえ、長いこと、定子《ていし》からの手紙が届かないのです。

定子は清少納言が実家に戻ると、今まではすぐに手紙をくれたのに。ただただ清少納言の心のなかは、心配でいっぱいでした。心の底から尊敬している定子。自分をあたたかい気配りで、いつも毛布のようにくるんでくれた定子。彼女が、もしもみんなと同じように自分のことを道長方のスパイと思っていたらどうしよう。今までのように定子のあたたかい思いやりにつつまれることは金輪際ないかもしれない……。この恐怖が、清少納言の心を真っ暗な闇、這《は》い上がれない闇に突き落としていたのです。

――こんなやり場のない暗い気分の時に、やっと定子から手紙が到着したのです。同僚の宰相《さいしょう》の君《きみ》を通しての手紙でした。手紙を運んできた長女《おさめ》というのは、召使いのまとめ役です。人間不信に陥っている清少納言は、清少納言の実家だというのに、声をひそめている長女に怒りを抱きつつ手紙を開けました。

この手紙は定子が直接書いたもののようでした。当時は身分の高い人は直接書かないで、女房などが代筆することも多かったのです。でも、うれしいことにこれは定子の直筆でした。手紙そのものには何も書いてありませんでしたが、山吹の花が包まれていて、その花びらには、いくつかの文字が並んでいるだけでした。その文字とは、

言《い》はで思《おも》ふぞ

のたった六文字。でも、この少ない六文字のなかに定子のやさしい万感の思い、清少納言に対するあふれんばかりの信頼感が込められているのでした。なぜならば、この六文字は次の歌のなかの言葉だったから。

心《こころ》には下行《したゆ》く水《みづ》のわきかへり言《い》はで思《おも》ふぞ言《い》ふにまされる

（『古今和歌六帖《こきんわかろくじょう》』二六四八番）

表面には出ないけれど、心の底に流れている水があふれ出ています。それと同じ

ように、あなたを思う私の気持ち、それは言わないでもとても強いのです。言葉に出すよりもずっと……。

――あなたのことを私はいつも思っている、口には出さないけれど……。定子のやさしさと清少納言のことを気づかっている思いやりが、湧き出る水のようにほとばしっています。この歌のほんの一部分を引用しただけのわずかな言葉。でもこの少ない文字のなかに、定子の清少納言に対する気持ちが激しく流れていたのです。

そのうえ、この文字が山吹の花に書かれていた、というのも気が利いています。なぜ山吹か、というと、歌では、通常山吹とクチナシ色がワンセットになって詠まれていたからでした。「クチナシ」は、「口無し」で、「口なし、ものを言わない」の意味。だから、この歌の内容と山吹の花びらが重なっているのですね。まるで「言葉に出さなくても」のフレーズが、山吹の花のような黄色い光を二重に放っているようです。

清少納言は苦しみ続けただけに、この手紙を見た瞬間、飛び上がるようなうれしさがこみ上げてきたのです。彼女の心は、さぞ山吹の花のような明るい色に満たされたことでしょう。

このように、定子《ていし》の手紙は、花びらの上に文字が六つ並んでいるだけ。でも、そのなかには、文字数をはるかに超える、定子の清少納言に対する果てしない思いが深く深く刻まれていたのでした。一瞬にして心を揺らしてしまうキーワード。こんな少ない六文字でも、定子と清少納言の心の隙間を埋めることができたのですね。まるでメールの件名（題名）のような手紙ですが、まっすぐに清少納言の心に飛び込んできたのでした。

恋人たちの一言メッセージ

こんな一言メッセージは、恋人たちの間でも絶大な効果を発揮しました。やわらかくて短い、しかも甘い甘い言葉たち。短いながらも熱い思いが恋人たちの心に、矢のように飛んでいったのです。

この技術が満載されているのは、前にも出てきた（第二章「王朝恋文集と文使いたち」）有名な王朝手紙のガイドブック『和泉式部日記』です。

実は、この『和泉式部日記』のなかの帥宮《そちのみや》が書いた手紙そのものを見てみると、とても短いのです。でも、このささやかな言葉のなかに、和泉式部のことをいつも思っている気持ちが、しっとりと、そして激しくきらめいているのです。たとえば、和泉式部の風邪が治りかけたころ、

宮から「具合はいかがですか」とたずねてくださったので……。

「いかがある」と問《と》はせ給《たま》へれば……。

（『和泉式部日記』）

とやさしい気づかいを見せてくれました。「具合はいかがですか」といったわずかな言葉のなかに、和泉式部をいたわっている宮のやさしさがこもっていますね。宮の心配している気持ちがストレートに和泉式部に届いていきます。

和泉が恋の苦しみで、悩み臥《ふ》せっている長雨のころには、「この長雨でどうしていらっしゃいますか」とあたたかい眼差《まなざ》しの手紙と和歌を送ってくれました。また、月が明るい晩は「どうですか、月はご覧になっていますか」という短い手紙と和歌のセットを送ってくれるのです。

天候が変わった時、病気になった時、何か変化があった時、必ず思いを込めた短い手紙を送ってくれる帥宮《そちのみや》。時機をはずさず送られてくる宮の手紙は、言葉は少ないけれど、こまやかないたわりであふれていました。二人の手紙はこのような短い宮の呼びかけから始まって、二人の重なり合う気持ちが、手紙のやりとりによって、徐々に、そして激しく溶け合っていくのでした。

数多くの言葉を書き連ねても、心が届くとは限りません。反対に選び抜かれた少ない言葉が、太陽のような力でわだかまりを一瞬のうちに溶かしてしまうこともありました。一気に隔たりを越え、人と人とを結びつける不思議な威力。それが手紙の短い言葉のなかから生み出されていたのです。

第四章　手紙の作成機器

王朝文房具の基礎知識

それでは、ここで少し書く道具類についてごくごく簡単にお話をしておきましょう。今はメールを打つ時に、機械が必要ですね。手紙や葉書だと紙やペン。王朝のころもやはり、今の文房具のようなもので手紙を書いたのです。その道具とは、筆、墨、紙、硯《すずり》でした。これらは四つの大切な文房具なので、文房四宝《ぶんぼうしほう》と呼ばれていました。

日本の筆は中国、朝鮮から伝えられました。「文手《ふみて》」が「筆」になったといわれています。「手紙を書く手」という意味ですね。毛筆にはふつう獣毛《じゅうもう》――兎《うさぎ》、狸《たぬき》、鹿――などを用いたのです。そのなかでも冬の兎の毛は、上品で美しいとされていました。当然のことですが、筆の穂はきれいにそろっていることが条件です。

そして次は墨。中国製の墨を唐墨《とうぼく》といい、日本の墨を和墨《わぼく》といいました。また、墨の種類としては松煙墨《しょうえんぼく》と油煙墨《ゆえんぼく》などがありました。松煙墨は、松の枝または根を燃やし、その煙からとった煤《すす》を膠《にかわ》で練ったものです。一方の油煙墨は、ごま油、菜種油などの植物性油を燃やし、膠で練ったものでした。日本では、最初、油煙墨が使われていました。松煙墨は青みがかった色になるので淡い墨、油煙墨は漆黒になるので、濃い墨に適していたのです。

次に紙ですが、紙は当時非常に貴重なものでした。種類としては、まず、役所の紙《かみ》屋院《やいん》で作られたうるわしい紙屋紙《かみやがみ》があげられます。これは後に再生紙となりました。それから薄様《うすよう》。これは恋文の定番です。繊細で薄い紙ですが、それにもかかわらず、かなり強い紙でした（薄様の詳細については、第七章「狂おしい秘密の恋と紅色」参照）。あとは陸奥紙《みちのくがみ》。これは当時、陸奥国《むつのくに》（現在の福島、宮城、岩手、青森の四県と秋田県の一部）からきた高級用紙でした。すぐに水分を吸収するので、ごわごわになりやすかったのですが、逆にお香などが浸透しやすい紙でした。長期の保存に適していたので、役所の文書などによく使われたのです。

さて、最後が硯です。硯は多くの作品に登場する文房具です。「すみすり（墨磨《す》り）」から「すずり」という語が生まれたといわれています。硯そのものは、飛鳥時代に伝えられたようです。最初は陶製（焼き物）の硯だったのですが、その後、だんだんと石の硯が主流となってきました。

硯は墨を磨る面（墨堂《ぼくどう》）と墨・水をためておく所（墨池《ぼくち》）からなります。これは今と同じですね。また墨堂には目に見えない凹凸があって、これを硯の目（鋒鋩《ほうぼう》）と呼びました。ギザギザがあるので、墨が磨れるのですね。

王朝のころは、この言語製造機器としての硯の役割はとても大きかったのです。たとえば、今でいう「筆のついでに」という意味で「硯のついでに」などといいました。

ところで、この硯の使い方で怒られてしまった女性がいます。それは大君《おおいぎみ》という女

大君、中君に指導をする八宮（『絵入源氏物語』）

性です。大君は母を亡くして父親の八宮《はちのみや》と妹の中君《なかのきみ》と宇治にさびしく住んでいました。後に、「宇治十帖《うじじゅうじょう》」のヒロインとなった大君ですが、彼女は小さいころ、こんなことをしていたのです。

姫君（大君《おおいぎみ》）は、硯を静かに引き寄せて、その上に直接文字を手習いのようにお書きになるので、宮（八宮《はちのみや》）が「この紙にお書きなさい。硯に直接書きつけるものではありません」と紙をお与えなさると……。

（『源氏物語』「橋姫《はしひめ》」）

姫君《ひめぎみ》、御硯《おほんすずり》をやをらひき寄《よ》せて、手習《てなら》ひのやうに書《か》きまぜ給《たま》ふを、「これに書《か》き給《たま》へ。硯《すずり》には書《か》きつけざなり」とて、紙奉《かみたてまつ》り給《たま》へば……。

「手習い」というのは、文字の練習です。特に歌などを書きつけて練習しました。大君は文字を硯の表面に書いて、父親の八宮から叱られてしまったのです。筆も硯も使い方としては失格です。なぜならば、硯のなかの墨を磨る所（墨堂《ぼくどう》）は、さきほどお話をしたように細かい凹凸があったからです。直接書きつけると筆も硯も傷んでしまうのです。だから、八宮は大君をたしなめたのですね。

硯は今でいうと、パソコンのキーボードでしょうか。キーボードにコーヒーをこぼしたり、タバコの灰が落ちたりすると危険です。同じように、硯は取り扱いに注意が必要でした。でも、墨堂には、どうしてもさまざまな物が付着してしまいます。『枕草子』の「にくきもの」（不愉快なもの）のなかにも「硯に髪の毛が入ったまま磨った時。また墨のなかに石が入って、きしきしといやな音をたてたのも（不愉快）」（『枕草子』二五段）とあります。今でもそうですが、硯や墨に何かがついたまま磨ると気持ちが悪いですよね。

大きな大きな硯箱

今までは「硯」そのもののお話をしてきました。実はこの「硯」、王朝のころはさまざまな物が入っている「硯箱」のことを指しました。「硯」という単語で「硯箱」をあらわしたのです。考えてみれば、「硯箱」からわざわざ「硯」だけを取り出して使うことはなかったからでしょう。

この「硯箱」はかなり大きいものでした。今の筆箱よりずっと大きいのです。なかには、筆、紙、水滴（墨を磨る時の水差し）、小刀などが入っていました。数える時は一具（いちぐ、古語では「ひとよろひ」）といいました。これは、身と蓋《ふた》でワンセットという意味です。そしてまた硯の蓋の方は、今でいうお盆のような役割を果たしていたのです。このお盆には当然、紙なども置いたりしました（『枕草子』九五段）。また、次のようなものまでのせることができたのですよ。

（親戚の人は）私たちの帰京を知って珍しがり、また喜んでもくれて「宮様のものをいただいたのよ」と言って、とっておきのすばらしい冊子《そうし》類を、硯箱の蓋《ふた》に入れて贈ってくれたのです。（『更級日記《さらしなにっき》』）

めづらしがりて喜《よろこ》びて、「御前《おまへ》のをおろしたる」とて、わざとめでたき冊子《さうし》ども、硯《すずり》の箱《はこ》の蓋《ふた》に入《い》れておこせたり。

これは『更級日記』の作者（菅原孝標女《たかすえのむすめ》）が、今の千葉県を出発して、長い長い京都までの旅を終え、念願の物語類を手にするところです。あまりにも彼女が物語を欲しがるものだから、母親が親戚の人に頼んでくれました。親戚の人は孝標女たちが都に来たことをとても喜んでくれて、そのうえ自分が仕えている宮様（脩子《しゅうし》＝定子娘）のお下がりの物語類を孝標女にくれたのです。ちなみに、当時は物語などを持っているのは身分の高い人たちだったのです。

それはさておき、やさしい親戚の人は、その物語類を硯箱の蓋にのせて贈ってくれました。孝標女は、喜んでこの物語類をすぐに読破してしまいました。そしてまた次の物語を読みたくてたまらない気持ちになったのです。

華麗な硯箱

それではこの大きな大きな硯箱、いろいろなものが入る硯箱は、いったいぜんたいどのような色や模様だったのでしょうか。実はこの硯箱、とてもきれいな飾りがついていたのです。だいたい想像してわかるように、地色としては漆《うるし》塗りで黒もしくは茶色です。そこに「螺鈿《らでん》」や「蒔絵《まきえ》」の装飾がほどこされていました。螺鈿は、夜光貝《やこうがい》（サザエ科の巻き貝）などの貝殻で、光を放つ部分を文様の形に切り取り、それを木地にはめ込んだものです。この貝殻の色が、黒や茶色の地色のなかでさまざまな色を投げかけているのです。とても手の込んだ技法といえるでしょう。

また、蒔絵も繊細です。まず、下絵を描いた上に金銀の粉をちらし、一度乾燥させます。それから漆を塗り、十分に乾かした後、今度は木炭《もくたん》などでていねいに研《と》ぐのです。この豪華な装飾、「螺鈿」と「蒔絵」はよくセットになっていました。絵は海の模様だったり、菊の模様だったり、はたまた有名な風物だったり、さまざまな構図があって、それが地味な地色のなかで光を放ちながら、浮き上がって見えたのです。

硯の箱は、二段重ねで、蒔絵《まきえ》に雲鳥《くもとり》の文《もん》（がすばらしい）。（『枕草子』一本一三段）

硯《すずり》の箱《はこ》は　重《かさ》ねの蒔絵《まきゑ》に、雲鳥《くもとり》の文《もん》。

これは『枕草子』に出てくる硯箱です。二段重ねで、蒔絵がほどこされています。この二段に入っているものについては、上段に筆、墨、硯などを置いて、下の段には紙類を置いたりしました。また、これ以外にも人によってさまざまなパターンがあったようです。

この硯箱の模様は華麗な雲鳥の文でした。「雲鳥の文」というのは、鶴と雲を描いたもので、鶴が雲のなかを飛翔《ひしょう》する、おめでたい、そして重厚な模様です。雲がきらめいている空を、鶴が飛び交っています。それがまた地色の暗い色のなかに浮かび上がって見える豪奢《ごうしゃ》な文様でした。

いつも自分の側《そば》にいてくれる硯箱、自分だけの硯箱、そして、外の世界に自分を結びつけてくれる硯箱。それを王朝人は、宝石箱のように大切に飾っていました。今の携帯電話と同じように……。

瞬間手紙作成機器の硯箱

さて、このように大きくて美しい硯箱。いったい作品のなかではどのような場面に登場するのでしょう。もちろん普通に手紙を書く時も使われますが、瞬間的に硯箱を出して手紙や歌を書く、という場面にもよく登場します。たとえば、「硯引き寄せて」という表現が王朝作品のなかに頻繁に出てきます。この場合、相手の言葉に反応して、急いで何かを書きつける様子をあらわしているのです。もちろん先ほども述べましたが、「硯」単体だけでは文字を書くことができないので、この場合「硯」と出てきても「硯箱」全体を指します。あの、『源氏物語』の作者紫式部も、この硯箱を目にも留まらぬすばやさで使っていました。

殿（道長）は、渡殿《わたどの》の橋の南側に今を盛りと咲いているおみなえしを一枝お折りになって、私の部屋の几帳《きちょう》越しに上から差し出されました。そのお姿はこちらが恥ずかしくなるほどとてもご立派で、それに引きかえ、私の寝起きの顔（朝顔と朝の顔の掛詞《かけことば》）がみっともなく思われ、殿（道長）が「この花の歌、それが遅いのはよくないな」とおっしゃったのをよいことにして、硯のそばに寄っていきました。

おみなえし

「おみなえしの美しい盛りの色。それを見るにつけても露が差別して、盛りの過ぎた花には置かないように、あなたから分け隔てられている自分をしみじみ情けなく思います」（『紫式部日記』）

橋《はし》の南《みなみ》なるをみなへしのいみじうさかりなるを、一枝《ひとえだ》折《を》らせ給《たま》ひて、几帳《きちやう》の上《かみ》よりさしのぞかせ給《たま》へる御《おほん》さまの、いと恥《は》づかしげなるに、わが朝《あさ》がほの思《おも》ひしらるれば、「これ、おそくてはわろからむ」とのたまはするにことつけて、硯《すずり》のもとによりぬ。

「をみなへしさかりの色《いろ》を見《み》るからに露《つゆ》のわきける身《み》こそ知《し》らるれ」

渡殿《わたどの》というのは建物と建物をつなぐ廊下をいいます。ここの渡殿は透渡殿《すきわたどの》。廊下は廊下でも、左右に壁のない廊下でした（左上の挿絵参照）。その廊下の南側に咲いていた美しい盛りのおみなえしを道長は折り取ったのです。そして、紫式部がいた部屋まで行って、几帳《きちょう》の上からその花をかざしました。几帳は部屋を仕切る道具なので、几帳の内側は当然紫式部の個室となります。

ここの道長――朝の庭をゆったりと歩いている姿――は、実に堂々としていて、すばらしいのです。一方紫式部の方は、朝早いので化粧も何もしていない悲惨な状況でした。それなのに、道長はおみなえしの歌を早く聞きたい、と言います。そうです。道長は文才のある紫式部をためしたのですね。

そこで、寝起きの顔を見られたくない紫式部は、硯（硯箱。以下同）のそばによって行って歌を瞬時に詠みました。この時、道長は四十三歳、そして「盛りの過ぎた花」に自分をたとえた紫式部は三十六歳ごろでした。ところで、その後道長はどうしたのでしょう。

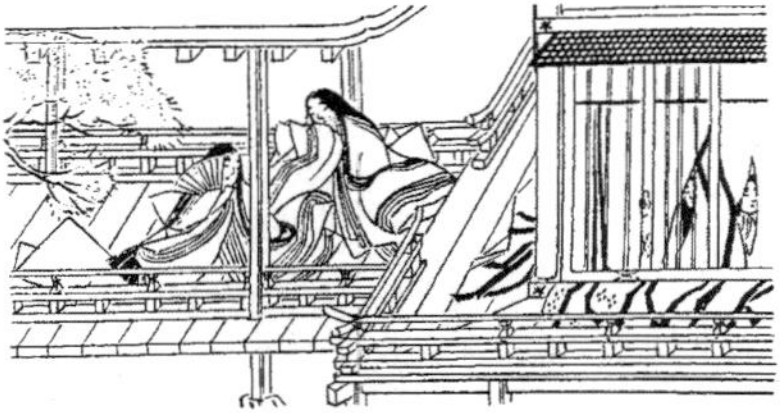
透渡殿《すきわたどの》

「おお、速い」とにっこりして、硯をお取り寄せになります。

「白露は別に差別して置いているわけではないだろう。おみなえしが美しい色に染まっているのは、『美しくなろう』と思っている心の持ち方によるのだと思うよ」（同）

「あな疾《と》」とほほゑみて、硯召《すずりめ》し出《い》づ。
「白露《しらつゆ》はわきてもおかじをみなへしこころからに

や色《いろ》の染《そ》むらむ」

道長の方もすぐに硯を持って来させました。そして、すばやく返事をしたのです。文房具としての硯が、一瞬にして道長と紫式部、二人の歌を生み出したのですね。

それにしてもこの二人の歌はやわらかでしっとりとした雰囲気——まるで恋人どうしのような——が漂っています。紫式部は自分を盛りの過ぎた花に、そして、道長を露にたとえています。おみなえしと違う盛りの過ぎた自分の顔、化粧もしていない朝の顔。それを詠み込みながら、道長から隔てられている、と甘えながら訴えているのです。この、すぐに詠み出された歌に対して道長からは「おお、速い」というお誉めの言葉をもらいました。そのうえ、道長もすぐに「美しいのは心の持ち方」という式部をなだめるようなやさしい歌を返します。

さわやかな朝の光とおみなえしが織りなすハーモニーが、二人の歌のなかで鳴り響いています。二人の心がしっとりと通い合う歌、それが硯という道具のなかですばやく生まれたのでした。

今だったら会話だけですますところを、昔は近くにいても、このように手紙を書いて渡したことが多かったのです。その時になくてはならない筆記具として、このように硯が大活躍したのでした。

硯箱の下の悲しい溝

王朝の人々は、硯を常備して、外界とのコミュニケーションをとっていました。他に通信手段がないのですから、人と人を結びつけていたかけがえのない文房具でした。硯のなかから、さまざまな言葉たち――事務的な用件から始まって、心を溶かす魔法の言葉まで――が生まれたのです。ありとあらゆる言葉を生み出した硯という道具。でも、この人々を結びつけるはずの硯が、逆に相手から離れる道具となってしまうこともありました。大事な人間関係を作るはずの硯が、二人の間の溝を作ってしまうこともあったのです。

今回の主役は紫の上です。彼女は、光源氏にかわいがられ、一番愛されていました。紫の上は小さい時に光源氏に引き取られ、太陽のような愛情を浴びて素直にすくすくと育ちました。

また、その素直さがかわいくて、みんなに愛されていた女性です。ところが、ある時光源氏の正妻、女三宮《おんなさんのみや》がやって来て、それ以来、紫の上は今まで知らなかった「苦悩」という深い谷に突き落とされてしまったのです。

紫の上は正式な結婚式をあげていないことなどもあって、社会的には完全な「正妻」ではありません。でも、そのことを気づくこともないまま、というより光源氏や周囲の人々にかわいがられていたので、自分が「正妻」かどうかなどということは、考える必要がなかったのです。ところが、紫の上が三十二歳の時に、突然女三宮が光源氏の正妻となってやって来ました。

女三宮は朱雀院《すざくいん》の娘ですから、天皇だった人の娘です。身分が高いので「正妻」です。この社会的な落差に、突如今までの自分にはなかった苦悶《くもん》を、紫の上は背負い込むこととなりました。

自分は、かわいがられていただけで、別に何の社会的な立場もなかった。紫の上は、単に「正妻格」でしかなかったのです。このことをはじめて悟った紫の上は、暗い絶望から這《は》い上がることができなくなってしまいました。皆のあたたかい笑い声に包まれていた毎日、何の疑問もなく過ごしてきた楽しい日々、太陽のように幸せな日常。それがいきなり、雨で山が崩れるように、一気に崩れてしまったのです。紫の上はじっと一人で、このむなしさと闘います。ある時は心に重いカーテンをひき、またある時は無理に笑顔を作ったりして……。

でも、この痛ましい状態を、紫の上は光源氏にぶつけることができませんでした。なぜなら、紫の上をここまで幸せにしてくれたのは、他ならぬ光源氏だから……。光源氏がいなければ、明るい、そして素直な今の自分はいないのです。光源氏の大きな愛情に絶えず守られ、包まれていたからこそ、幸せを味わってきた紫の上。だから、恩人の光源氏には心の叫び、本当の気持ちをぶつけることができなかったのです。

そんな心の闇のなかでさまよいながらも、紫の上は正妻女三宮と対面することを決めました。屈辱を越えた冷静さを、自分なりに一生懸命取り戻そうとします。でも、ふと書いている歌の手習《てなら》い（字の練習のため古い歌などを書き流すこと、もしくは歌の下書き）を見るとなんだか悲しい歌ばかり。無理に心を押し込めている紫の上は、無意識に自分の心境と同じようなつらい歌ばかり選んでしまうのでした。そんな時に光源氏がやって来たのです。

（紫の上は）何げなく書きつけていた歌の手習いを、硯の下に隠されたのですが、殿（源氏）が見つけられて、取り出してご覧になります。筆跡などは、それほど華麗ではありませんが、上品で、しかもかわいらしく書いていらっしゃいます。

「私の身の近くにも秋が来てしまったのでしょうか。そんなことを思っているうちに、青葉《あおば》の山もすっかり色が変わってしまいました。私もあなたに飽きられたのでしょうか。秋が来た青葉の山のように……」

と書いてある所に、殿（源氏）は目をつけられて、

「同じ『あおば』でも水鳥の青羽の色は変わっていないよ。それと同じように私の気持ちは変わらない。ただ、あなたの心は萩《はぎ》の下葉のように色があせ

てしまったようだね。あなたの方こそ心変わりしたのだな」

などと軽い気持ちで書き加えられたのです。

（『源氏物語』若菜上《わかなのじょう》）

うちとけたりつる御手習《おほんてなら》ひを、硯《すずり》の下《した》にさし入《い》れ給《たま》へれど、見《み》つけ給《たま》ひて、引《ひ》き返《かへ》し見《み》給《たま》ふ。手《て》などのいとわざとも上手《じやうず》と見《み》えで、らうらうじくうつくしげに書《か》き給《たま》へり。

「身《み》にちかくあきや来《き》ぬらむ見《み》るままに青葉《あをば》の山《やま》もうつろひにけり」

とある所《ところ》に、目《め》とどめ給《たま》ひて、

「水鳥《みづどり》の青羽《あをば》は色《いろ》もかはらぬを萩《はぎ》の下《した》こそけしきことなれ」

など書《か》き添《そ》へつつすさび給《たま》ふ。

紫の上は例によって手習いを何げなく書いていました。でも、光源氏が来たとたん、硯の下にそれを隠して光源氏の目に触れないようにしようとしました。硯は人と人をつなぐ道具。本来だったら言葉を伝えるためのもの。それなのに、紫の上はこの便利な、心と心を結びつける硯の下に自分の書いたものを隠してしまったのです。まるで、光源氏から自分の姿を隠すように……。

そこには、光源氏に見せたくなかった歌が書いてありました。でも、光源氏はめざと見つけて紫の上の歌を読んでしまったのです。

この歌のなかの「青葉《あおば》の山」は若狭国《わかさのくに》（現在の福井県西部）の歌枕（歌によく詠まれる地名）です。名前からすると青葉の山は、変わらないものに思えます。それなのに、秋が来ると紅葉するので色が変わるのですね。変化しないものでも変化してしまう、という光源氏に対する紫の上の悲しみがこぼれ落ちている歌です。

それに対して光源氏の歌は「水鳥の青羽《あおば》」という言葉を使って、「青葉」を「青羽」に換えて詠みました。「水鳥の青い羽」ということで、自分の気持ちを変わらないものにたとえたのです。また、それに対して「萩《はぎ》の下葉」は紫の上をたとえています。「萩の下葉」は、「心変わり」をあらわす景物の代表選手。変わったのはあなたの方、つまり紫の上の方が心変わりしたのでしょう、という意味なのです。光源氏の歌は、あわてて二つの景物を継ぎ足したような軽い歌になっています。単なる切り返し（反論）の歌でしかないのです。普通の贈答歌のように、言葉だけの応答です。まさに「軽い気持ちで書き加えられた」歌に過ぎませんでした。

紫の上の心の闇は光源氏には届きません。近くにいる二人、息づかいが聞こえるような狭い空間。それなのに、光源氏の傍らに居ることによって、かえって一人ぼっちのつらさを抱えている紫の上……。

光源氏に伝わることのない、理解されない紫の上の心は、次に書かれる光源氏の軽い、あっさりした、そして残酷な反応にもよくあらわれています。

何かにつけて、つらそうなご様子が、隠しても隠しても自然に表に出て来てしまうのを、（紫の上は）何でもないふりをしていらっしゃいます。その姿を見て、殿（光源氏）は、世にまれな立派な方だ、と思われるのです。

ことにふれて、心苦《こころぐる》しき御《おほん》けしきの、下《した》にはおのづから漏《も》りつつ見《み》ゆるを、ことなく消《け》ち給《たま》へるも、あり難《がた》くあはれに思《おぼ》さる。（同）

紫の上の姿、本心を隠してじっと我慢を重ねている紫の上を見て、光源氏は「世にまれな立派な方」（あり難くあはれ）と思うだけです。紫の上の姿をまるで人ごとのようにしか受けとめられない光源氏。それに対して紫の上は、身に近く忍び寄ってくる「あき」（飽き）の予感を抱きながら、孤独の影におびえ続けているのです。

本来なら、硯は、言葉を、そして自分を刻みつけるはずの道具です。それなのに紫の上は、硯の下に、自分の言葉を閉じ込めようとしたのです。一切の言葉を失って口をつぐんだように……。彼女は荒涼とした世界に放り出されてしまいました。言葉に出したところで、何も伝わらないし何も届かない。彼女が手紙を隠した硯。その下には、二人の間の溝——もう決して埋めることのできない深い溝——が横たわっていたのでした。

第五章　王朝の恋文技術

手紙と恋愛

昔の恋愛は、男性が御簾《みす》（竹製のブラインド）のなかにうつるほのかな姫君の姿を見て恋心を募らせたり、噂を聞いては心をときめかせたりしたことから始まりました。だから、最初から顔を合わせることはなかったのです。もしも気に入った姫君がいたら、まず、男性がさまざまな情報を収集します。王朝のころは、狭い社会なので、すぐにこのような情報を集めることができました。それから男性は恋のつらさやせつない思いを綴《つづ》った手紙を、何度も何度も女性に送り続けるのです。

ところで、現代のメールについて語るとき、王朝の手紙がよく引き合いに出されます。王朝の恋愛で、「知らない人」や「一度も会ったことがない人」に手紙を出すところが今のメールと同じ、などと言われます。

確かに平安時代は手紙が恋の始まりを告げました。というより、手紙がなければ何も始まりませんでした。ただし、「まったく知らない人」ということはなかったのです。男性側も手紙を出そうとする相手のことを調べていました。もちろん女性の方も手紙がきたら、男性の氏素性を調査していたのです。そのうえ、手紙の往来の間も、あちこちから情報収集してお互いを調べていたのです。どのような家で育ったか、どのような性格なのか……。手紙の内容、筆跡から相手の教養まで推測していたのです。

ですから、女性側が逢うことを了解しなければ――まだまだ相手に心を許せないうちは――この恋文の往復は長く長く続くこともあったのです。

また、この男は、女と恋文のやりとりをしているのですが、返事はあるものの逢うこともなく、どんどんと月日が経っていくので……。（『平中物語《へいちゆう》』一一段）

また、この男《をとこ》、人《ひと》ともの言《い》ふに、返《かへ》りごとはするものから、逢《あ》はでほど経《へ》ければ……。

これは『平中物語』という作品の一節です。『平中物語』は平貞文《たいらのさだふみ》が主人公といわれている作品なのです。でも、作品のなかではほとんど実名が記されず、「男」という主人公設定なのです。このような形は、まるで「昔、男ありけり」で始まる『伊勢物語』のようです。ただし『伊勢物語』とはかなり雰囲気が違っているのです。『伊勢物語』は雅《みやび》な美しい恋の世界を描いていますが、こちらは日常的な恋、生き生きとした恋の姿を伝えているのです。なかなかうまくいかないで失敗したり、行き違って落ち込んだり……。日常生活の糸で編んだ恋模様があたたかく広がっている王朝の作品なのです。

さて、ここに登場する男性は女性に手紙を送り続けていましたが、逢うこともできないまま月日がむなしく経っていくばかりでした。たいがい、王朝のころの恋文はこのような流れだったのです。通常、手紙を出した翌日に、もしくは短期間で逢ったりはできませんでした。男性は辛抱強く、そして粘り強く、手紙を送り続けなければなりませんでした。

ところが、この男性は残念なことに、次のような結果になってしまったのです。

（女性の方が）「まじめに考えると、私とあなたとでは身の上が不釣り合いです」と言ってきたので、手紙のやりとりはやめてしまいました。（同）

「まめやかに、にげなし」と言《い》ひければ、言《い》ひやみにけり。

男性は長い長い手紙のやりとりをしていたにもかかわらず、あっさりと女性から振られてしまいました。なお、この女性は「紀乳母《きのめのと》」といって、平貞文《たいらのさだふみ》よりかなり年上だったのです。母親のような年上の女性。まさしく「不釣り合い」だったのですが、それでも男性は相手から断られるまで手紙を出し続けたのです。

勝利の手紙攻撃

それでは、男性の燃えさかる気持ちをしたためた手紙は、恋の成就までどのくらいの回数が必要だったのでしょう。意中の人に思いを伝える情熱の重さは、いったい何通ぐらいの手紙に含まれていたのでしょうか。

音《おと》にのみ聞《き》けば悲《かな》しなほととぎすこと語《かた》らはむと思《おも》ふ心《こころ》あり（兼家《かねいえ》）

（『蜻蛉日記《かげろう》』上巻）

ほととぎすの鳴き声ばかりを聞いているように、あなたの噂ばかり聞いているだけではつらいのです。ぜひお目にかかってお話がしたい。

語《かた》らはむ人《ひと》なき里《さと》にほととぎすかひなかるべき声《こゑ》な古《ふる》しそ（道綱母《みちつなのはは》）　　（同）

お話の相手になるような人がいないところで鳴くのはやめなさい、ほととぎす。あなたの相手になるような人はここにはいませんよ。いくらお手紙をいただいても効果はございません。

これは兼家が最初に出した手紙とその返事です。兼家二十六歳、道綱母が十九歳ごろのことでした。これ以降、兼家《かねいえ》はひたむきに、一途に、諦《あきら》めることなく手紙を出し続けます。

ここでは、噂だけを聞いているやるせない思いを、夏の景物ほととぎすの声を聞くことにたとえています。そして、兼家は逢うことを望んでいる自分の気持ちを詠みました。兼家の歌は、その当時はやっていた「こと語《かた》らはむ」という句を使った斬新な歌です。それに対して道綱母《みちつなのはは》は、ほととぎすを兼家にたとえて、「鳴いても無駄」と断定します。この道綱母の歌は否定的で、強い調子です。でも、これは「切り返しの歌」といって女歌の一つの形でした。相手の燃えさかっている言葉に水をかけるような冷たい返歌、完全に男性側の意図をつれなくはね返している調子の歌を「切り返しの歌」といったのです。このように贈答歌の場合、女性の歌は反論するのが鉄則でした。

でも、だからといって、道綱母《みちつなのはは》は本心から兼家《かねいえ》を迷惑に思っているわけではありません。なぜならば、もしも女性の方が本当に拒絶の意志を持っていたら、全く返事すら出さなかったからです。

行動的な兼家は、これ以降六回もの手紙を矢継ぎ早に出しました。ただし、この六回という数は作品にのせられた手紙の数だけです。もちろん、兼家は六回以外にも燃えたぎるような手紙を頻繁に、執拗《しつよう》に送っていました。それは次のような表現からわかります。

この手紙をはじめとして次々に手紙を寄こすけれど……。（同）

これをはじめにて、またまたもおこすれど……。

その代筆の返事ですら心から喜んで頻繁に手紙を送ってきます。（同）

それをしもまめやかにうち喜《よろこ》びて、繁《しげ》う通《かよ》はす。

他人行儀なやりとりを続けて月日を過ごしたのでした。（同）

まめなることにも、月日《つきひ》は過《す》ぐしつ。

二番目の「代筆」とあるのは、当時、侍女《じじょ》（主人の世話をする女性たち）がよく手紙の代筆をしたからです。もしもその家の姫君が直接自分の文字で、直筆で手紙を出すようになれば、ある程度関係は進展しているといっていいでしょう。心を許すようになって、ようやく女性は自分の文字で手紙をしたためたのです。

それはさておき、ここでは兼家が「次々に」「頻繁に」手紙を送り、辛抱強くやりとりを続けた様子が描かれています。熱意と継続。これが女性の心を溶かす恋文のポイントでした。諦《あきら》めることなく続く手紙の送信――兼家の絶えることのない恋の力――返事が氷のように冷たい切り返しの歌でも、諦めることなく続く手紙の送信――が、道綱母の心を動かしたのです。そして、ついに二人は結ばれたのでした。すでに季節は夏から秋へと変わっていました。

後朝《きぬぎぬ》の手紙は速攻が命

王朝手紙のなかで、とびきり速く出すものといえば、後朝の手紙です。「後朝」は、男女が愛し合った翌朝、着ているものをお互いに交換して別れた「衣衣《きぬぎぬ》」という単語がもとになっているのです。甘美で熱い言葉ですね。この後朝の手紙は男性側からできるだけ速く出すことになっていたのです。これは恋人たちの礼儀でした。

いったいどれくらいの速さで送信されるかというと、

「朝顔の露が落ちない前に後朝《きぬぎぬ》の手紙を書こう」と帰る道の途中でも、そわそわして……。

（『枕草子』三三段）

「朝顔《あさがほ》の露落《つゆお》ちぬさきに文書《ふみか》かむ」と、道《みち》のほども心《こころ》もとなく……。

とあります。これは七月の熱い恋人たちの逢瀬《おうせ》を描いた段。男性は、今さっき別れてきた女性に対して「朝顔の露が落ちない前に」手紙を出そうと居ても立ってもいられません。男性はだいたい夜がしらじらと明け始めるころ、女性の家を出て行きました。夜が明けて朝顔の露が落ちない前に手紙を書こうと、それればかり考えています。今でいうと、朝四時ごろ出てきて、午前八時ごろまででしょうか。だいたいの時間ですが、かなり短時間です。遅くとも午前中までがタイム・リミットです。後朝の手紙の速度は、高速、迅速《じんそく》がポイントでした。現在だと「大至急」にあたります。

ところで、この超高速で送らねばならない後朝の手紙が来なかった場合は、いったいどうなるのでしょうか。本来だったら、すさまじい速さで送られてくるはずの後朝の書簡。それが来ないということは、当時、信じられないほど無惨なことだったのです。

待つことのつらさ

昨夜はじめて通い出した男性で、今朝の手紙がなかなか届かないのは、人のことでも、はらはらしてしまいます。

昨夜《よべ》来《き》はじめたる人《ひと》の、今朝《けさ》の文《ふみ》の遅《おそ》きは、人《ひと》のためにさへ、つぶる。

(『枕草子』一四五段)

実は、この後朝の手紙が来ない、ということは「何かがあった」ということなのです。つまり男性側からの「NO」の意思表示なのです。この手紙が来ないとなると、女性の方は足下が崩れ落ちるような暗い気持ちになってしまうのです。「嫌われたかもしれない、どうしよう……」という思いが、心のなかから離れなくなってしまうのです。理由をあれこれと想像しながら、女性は後朝の手紙を一人ぼっちで待ち続けます。次の例は、そんな不安の波にさらわれそうになった女性の姿です。

いつも後朝の手紙を送ってくれる人が、「だめだ。おはなしにもならない。もうこれっきりだ」と言って帰って行ったその翌日、何の連絡もありません。さすがに「夜が明けるとすぐ使いが差し出してくれたいつもの手紙、それがないのは、本当にさびしくつらいわ」と思います。「それにしても、ずいぶんとはっきりした冷たい性格なのね」と言いながら、その日はわびしく暮れました。

(『枕草子』二七八段)

常《つね》に文《ふみ》おこする人《ひと》の、「なにかは。言《い》ふにもかひなし。今《いま》は」と言《い》ひて、またの日《ひ》、音《おと》もせねば、さすがに「明《あ》けたてば、さし出《い》づる文《ふみ》の見《み》えぬこそ、さうざうしけれ」と思《おも》ひて、「さても、きはぎはしかりける心《こころ》かな」と言《い》ひて暮《くら》しつ。

この女性は後朝の手紙をいつもくれる男性と喧嘩《けんか》でもしたようです。せっかく二人で逢《あ》ったというのに……。男性は冷たい別れの捨て台詞《ぜりふ》を残して去って行きました。案の定、その後、何も連絡がありません。

その翌日は、雨がひどく降っています。昼になってもさっぱり連絡が来ないので「本当に捨てられてしまったのだわ」などと言いながら、ぼんやりと端の方に座っていた夕暮れに、ちょうど、笠をさした使者が手紙を持ってきたのです。うれしくて、いつもより急いでその手紙を開けると、ただ「水増《ま》す雨の」とだけ書いてあります。やたらとたくさん歌を詠んで送ってくるよりも感激です。（同）

またの日《ひ》、雨《あめ》のいたく降《ふ》る昼《ひる》まで音《おと》もせねば、「むげに思《おも》ひ絶《た》えにけり」など言《い》ひて、端《はし》の方《かた》に居《ゐ》たる夕暮《ゆふぐれ》に、笠《かさ》さしたる者《もの》の持《も》て来《き》たる文《ふみ》を、常《つね》よりもとくあけて見《み》れば、ただ「水増《みづま》す雨《あめ》の」とある、いと多《おほ》く詠《よ》みいだしつる歌《うた》どもよりも、をかし。

また次の日も連絡がないまま、昼になってしまいました。彼女は二人の仲の終焉《しゅうえん》を想像して、嘆きます。雨が、まるで彼女の涙のように絶え間なく降り続いています。女性はすさまじい悲しさに堪えながら、端の方に座っていました。もう時が流れて夕暮れになってしまいました。すると、滝のような激しい雨のなかを、傘をさした使者がやって来たのです。とうとう、やっと、念願の手紙を持って来てくれました。彼女のつらい思いが一気に吹き飛びました。手紙が届いた瞬間、それまでの積み重なった不安が消えて、彼女はうれしさという明るい日射しに包まれたことでしょう。

ここでは、女性のせつなく待ちこがれている姿が、何度も出てくる時間の表示から浮かび上がってきます。「その翌日」、「その翌日」、「昼」、「夕暮れ」といった瞬間瞬間の言葉が、女性の焦りと苦しみをあらわしています。時が経つに従って、悪い結果ばかりが頭のなかに渦巻き、闇の世界に放り出されたような気分になってしまうのです。これは今も昔も変わらない女性の心理ですね。

さて、この手紙のなかにあった短い言葉。これはいったい何でしょう。「水増《ま》す雨の」というたったの五文字。これは、次の和歌の内容を引いているといわれています。

まこも刈《か》る淀《よど》の沢水《さはみづ》雨降《あめふ》れば常《つね》よりことにまさるわが恋《こひ》

（『古今《こきん》和歌集』五八七番）

私の恋のように……。

菰《こも》を刈る淀の湿地帯。そこに雨が降るといつもより水かさが増えていく。まるで

真菰《まこも》（イネ科）の名所である淀（現在の京都市伏見区）。そこは湿地帯なのでいつも水がたまっているのですね。だから、ここに雨が降ると水かさが急激に増えるのです。そのあふれんばかりに増えていく水と自分の恋心を重ねて詠んだ歌です。ちょうど今は、雨が激しく降っています。この天気と一致しているような、自分の募る恋心をあらわす男性の言葉。短いけれど強烈なインパクトがあります。女性の一刻一刻募っていく不安が一瞬にして消え去ってしまいました。

このように、時間の波を越えて届く後朝《きぬぎぬ》の手紙。その時間の長短によって、恋人たちの思いがジェットコースターのように上昇したり、下降したりするのです。だからこそ、後朝の手紙を書く時には、もたもたしたり、のんびりしたりしてはいられませんでした。なにしろ手紙の速効性が二人の間をつなげたり、離したりしたのですから

……。

ひどい仕打ち

このように、「後朝の手紙が来ない」というのは、とんでもなくひどいことだったのです。「あなたとの関係は続ける気がない」というあまりにもむごい知らせ……。言葉に出さないけれど、完全な拒否の意思表示なのです。さきの女性はそのような不安を吹き飛ばすことができました。でも、次に登場する軒端荻《のきばのおぎ》には、この後朝の手紙もなければ、伝言もありませんでした。「連絡遮断《しゃだん》」といった痛ましくも残酷な扱いを受けたかわいそうな女性です。

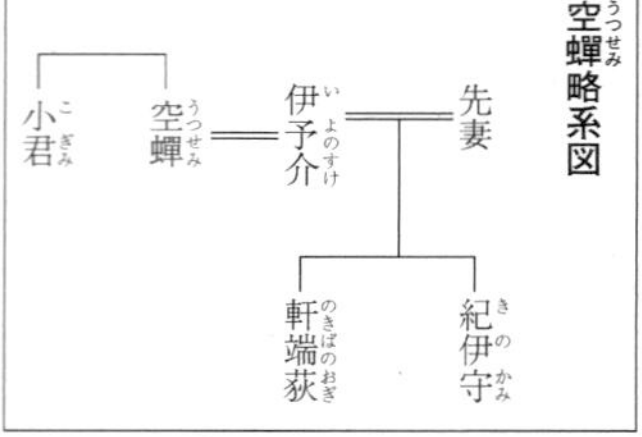

空蝉《うつせみ》略系図

まず軒端荻のお話をする前に空蝉《うつせみ》について話しておきたいと思います。なぜならば、空蝉と軒端荻は二人でセットとなって出てくるからです。空蝉は、『源氏物語』の最初の方に登場する伊予介《いよのすけ》（伊予は現在の愛媛県、介は地方次官）の後妻。光源氏は空蝉と一回だけ関係を持った後、彼女にひどく執着しているような状態です。

そんなある時、光源氏は空蝉ともう一人の女性をのぞき見してしまいました。この、もう一人の女性が例の軒端荻なのです。こちらは伊予介と先妻との間にできた子ども

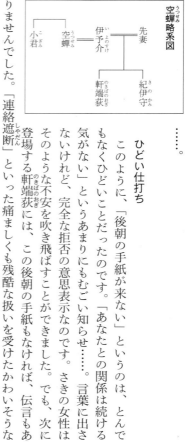

です。軒端荻はグラマーな美人だけれど、やや品に欠けて軽々しい雰囲気。一方の空蟬は痩《や》せていてやや老けているけれど、つつましい女性でした。光源氏は、一回だけ愛し合った空蟬《うつせみ》の部屋へとそっと忍んで行きます。でも、とっさに空蟬は着ている表着《うわぎ》（小袿《こうちき》）だけを残して逃げてしまったのです。後に残ったのは、蟬の抜け殻《がら》のような衣だけ……。

ところが、空蟬《うつせみ》に逃げられて、いらいらしている光源氏は、なんと側に寝ていた軒端荻《のきばのおぎ》と関係を持ってしまうのです。軒端荻とのことは単なるたわむれに過ぎません。空蟬の側にいたから、という理由だけで光源氏は軒端荻と結ばれてしまいました。光源氏の気持ちからすると、出来心に過ぎません。だから残酷にも軒端荻に対しては、後朝の手紙どころか口頭の伝言（使者が口伝えする）すら出さなかったのです。

あの人（軒端荻）もどのように思っているか、と気の毒には思うけれど、あれこれと考え直されてご伝言も送らないのです。（『源氏物語』「空蟬《うつせみ》」）

かの人《ひと》もいかに思《おも》ふらむと、いとほしけれど、かたがた思《おも》ほしかへして、御《おほん》ことづけもなし。

軒端荻にはひどいことに後朝《きぬぎぬ》の手紙もなく、そのうえ伝言も送りませんでした。理由ははっきりしています。もしも軒端荻との関係が空蝉や周囲の人に知られたら困るからなのです。

それにもかかわらず、光源氏は軒端荻と一夜をともにした時には、「私の方からこちらの小さい殿上人《てんじょうびと》（昇殿《しょうでん》を許された人）などに託して、お便りをさしあげましょう」などと気を持たせるようなことを言っていたのです。

この光源氏の体裁だけのせりふに出てくる「こちらの小さい殿上人」というのは、小君《こぎみ》のことです。彼は、空蝉の弟でした。彼は、姉の空蝉と光源氏との間で、文使い《ふみづか》として働いていました。そしてこの小君は、残酷にも軒端荻の目の前をうろうろしているのです。

文使《ふみづか》いの小君《こぎみ》が歩きまわっているのを見るにつけても、胸ばかりがつまってしまうのです。でも、光源氏からはお便りもありません。変なこと、とわけもわからず、軽い性格だけれど、さすがにがっくりしているようです。（同）

小君《こぎみ》の渡《わた》りありくにつけても、胸《むね》のみふたがれど、御消息《おほんせうそこ》もなし。あさましと、思《おも》ひうるかたもなくて、ざれたる心《こころ》に物《もの》あはれなるべし。

軒端荻《のきばのおぎ》は、期待を抱きながら伝達係の小君が歩いているのを見ています。でも、光源氏からは梨の礫《つぶて》なのです（「消息」も手紙のこと）。連絡がない、ということは、言葉にはなっていませんけれど、「あなたとは今後関係を持たない」という拒絶の意思表示。いくら、おおどかでのんびりしている軒端荻《のきばのおぎ》でも、胸が張り裂けそうな気持ちだったことでしょう。空蟬《うつせみ》と光源氏の恋の取り持ち役が、自分の目の前をうろうろしているのをみつめながら……。

速すぎた後朝《きぬぎぬ》の手紙

ところで、後朝の手紙が速度をあげて書かれたことは、前にお話をしました。でも、この鉄則を守っているにもかかわらず、いや、守ったがために、女性をいたたまれない思いにさせてしまった男性もいたのです。後朝の手紙を速く書きすぎたために、女性の悲劇――もしかして避けられたかもしれない悲劇――が、せつなく浮き彫りにされたお話もあったのです。

男性の主人公は匂宮《におうみや》、女性は中君《なかのきみ》です。この二人は第一章にも出てきました。第一章の例（第一章「妖《あや》しい恋とずれた手紙」）では、中君が匂宮の子ども（男の子）を産んで、安泰になっている状態でした。ここにとりあげるのは、それ以前のお話で、中君が宇治から出てきて匂宮とともに住むようになった時期なのです。中君は父の八宮《はちのみや》、そして姉の大君《おおいぎみ》を亡くして、一人ぼっちでした。そんな彼女を、かねてから関係のあった匂宮は都に引き取りました。長年住み慣れた宇治を離れて、中君は匂宮だけを頼りに都にやって来たのです。

中君は世間的に見ると宇治から都へと、それも貴公子と結婚した「幸運な女性」（さいはひ人）でした。でも、東宮《とうぐう》（次の天皇になるべき皇子）候補の匂宮にとって、中君は妻の一人に過ぎません。もちろん正妻といった立場にはなりようもないのです。後ろ盾になる親や兄弟もいませんし、都に強い味方もいません。そのようななかで、匂宮はとうとう正妻を迎えることになりました。その女性は右大臣夕霧《ゆうぎり》の娘で六《ろく》の君《きみ》。東宮候補の妻としては申し分のない相手でした。匂宮は中君を不憫《ふびん》に思いながらも、この六の君と結婚します。寂しさという衣を身に纏《まと》ってしまった中君。そのうえ、彼女は匂宮の子どもを身籠《みごも》っていたのです。

匂宮は自分だけを頼りにしている、美しくも寂しさに包まれた中君、いじらしい中君を放っておくことはできませんでした。だから、六の君と結ばれた後一旦《いったん》自分の部屋に戻ったものの、中君をいたわり慰めるために彼女の部屋（西《にし》の対《たい》）に行ったのです。ところが、中君の部屋で匂宮が二人の仲を誓っている時に、大変な人物が姿をあらわしてしまいました。

匂宮と六の君、露顕《ところあらわし》の翌日（露顕は今の披露宴。三日目に行う。『源氏物語絵巻』宿木二）

あちら（夕霧邸）にお出しになったお使い（文使い）がひどく酔いすぎてしまったので、中君に少しは遠慮すべきなのに、そんなことなどすっかり忘れてしまい、公然とこの南面《みなみおもて》にやって来たのです。

（『源氏物語』「宿木《やどりぎ》」）

かしこに奉《たてまつ》れ給《たま》へる御使《おほんつかひ》、いたく酔《ゑ》ひ過《す》ぎにければ、少《すこ》しはばかるべきことども忘《わす》れて、けざやかにこの南面《みなみおもて》に参《まゐ》れり。

この文使いは、よりによって後朝の返事、六の君側の返事を持ってきたのです。それも中君がいる所に……。六の君がいる夕霧邸でご馳走《ちそう》を出され、すっかり酔っぱらった使いは、配慮も何も忘れ去り、ひたすら返事を速く届けるために南面《みなみおもて》（寝殿造《しんでんづく》りで庭に面している所）に入ってきたのでした。それも夕霧邸で貰《もら》ったご褒美のきらびやかな衣に埋もれるようにして。侍女たちは、いったいこの返事をいつ書いたのか、その速さに驚きます。中君《なかのきみ》にやさしさを見せながら、一方ではいちはやく後朝《きぬぎぬ》の手紙を書いていた匂宮《におうみや》。

幸い、返信は六の君の継母《ままはは》が書いたもので、直接六の君が書いたものではありませんでした。匂宮はばつが悪い思いをしながらも、後朝の返事を中君の前で開けた、いや、開けざるを得ませんでした。ここで隠すことは、幾重にも中君を侮辱することになるからです。

中君は見なくてもいいものを目にしてしまいました。そして、今までの何ごともなく過ごしていた世界とは違う、別の世界に突き落とされてしまったのです。中君は悲しみにうち震えながら、あの、なつかしい宇治を思い出します。そして、宇治から出て来たことを心から悔やみます。厳しさのなかにもやさしさをたたえた父、自分をいつもあたたかい思いやりで包んでくれた姉がいた宇治を……。でも二人は空の彼方に旅立ってしまったのです。もう二人はいない。帰るところのない中君の耳に、六の君のもとに行く匂宮の先払《さきばら》い（貴人の通行の時に、道の前方にいる人を退《ひ》かせること、もしくは人）の音が無惨にも響き渡ります。そして、取り残された中君は、堰《せき》を切ったように流れる涙、とめることのできない涙の川に沈んでいくのでした。

——それでは、いったいぜんたい、匂宮《におうみや》は後朝の手紙をいつ書いたのでしょう。

匂宮は帰っていらしても、中君の所にはすぐにお出でになることもできず、しばらくおやすみになり、それから起き出して後朝のお手紙をお書きになります。（略）（匂宮は）あちらからのお返事も「この部屋で見たい」とお思いになるのですが、昨夜中君を放っておいて気がかりだったし、いつもの留守とは違ってどんな思いをしたのか、と心配になって急いで中君の所にいらっしゃったのです。（同）

牛車と先払《さきばら》い

帰《かへ》り給《たま》ひても、対《たい》へはふともえ渡《わた》り給《たま》はず、しばし大《おほ》殿《との》ごもりて、起《お》きてぞ御文《おほんふみ》書き給《たま》ふ。（略）御返《おほんかへ》りも、「こなたにてこそは」と思《おぼ》せど、夜《よ》の程《ほど》のおぼつかなさも、常《つね》の隔《へだ》てよりはいかが、と心苦《こころぐる》しければ、いそぎ渡《わた》り給《たま》ふ。

匂宮《におうみや》は、結婚第一夜を過ごした夕霧《ゆうぎり》邸から戻って、すぐさま自分の部屋（寝殿《しんでん》）で後朝《きぬぎぬ》の手紙を書いたのでした。

匂宮は後朝の手紙を書きながら、当然返事を自分の部屋で見たいと思います。思うのですが、その一方で、中君《なかのきみ》が心配でたまりません。それまで、匂宮は中君を傷つけまいとする配慮から、宿直《とのい》（泊まり付きの勤務）をして、なんとか自分がいないことを中君に慣れてもらおうとしていました。でも、今回はこのような仕事上の留守とは違います。それが中君にとって残酷であることは匂宮が一番よく知っているのです。

だからこそ、匂宮は悲しみにおぼれそうになっている中君を慰めたかったのです。そして矢も盾もたまらず中君の部屋に行ってしまいました。もしもこの時、匂宮がずっと返事を自分の部屋で待っていたら……。このような悲劇——他の女性と逢った後の後朝の返事を目にする——ことはなかったでしょう。

むなしさに織り込められた中君の心をわかっている匂宮は、後朝の手紙をすばやく書いて、中君の部屋に飛んで行きました。ここには匂宮の悪意など微塵《みじん》もありません。匂宮のやさしさから出た行動です。この情の深さが、かえって中君を救いようのない絶望の川底に突き落としてしまったのです。

速度と思いやりの悲しい関係

実は、匂宮の速すぎる手紙は、後朝の手紙だけではありませんでした。後朝の手紙の前日、つまりはじめての結婚の日（当時は婚儀が三日間続く）にも同じような状況が描かれているのです。順番としては今あげた後朝の手紙の一日前になります。ここでもまた、匂宮の手紙が暗い影を落としているのです。

さきほども書いたように、匂宮は中君がわびしい独り寝の夜にあらかじめ慣れるようにと、宮中《きゅうちゅう》で宿直などをしていました。結婚第一日目に出かける時も、彼は中君を傷つけまいとして、中君のいる家には戻らず、直接宮中から六の君のいる夕霧邸へと行くつもりだったのです。

宮は「今晩から六の君の所に通うということは、かえって中君には知らせないでおこう、かわいそうだから」と思われて、宮中にいらっしゃったのですが、そこから中君に手紙を出されたのです。そのお返事はどういう内容だったのでしょうか、やはり中君のことを心の底からいとしい、と思われたのでそっとお邸にお越しになったのでした。（同）

宮《みや》は、「なかなか今《いま》なむとも見《み》えじ。心苦《こころぐる》し」と思《おぼ》して、内《うち》におはしけるを、御《おほん》文《ふみ》きこえ給《たま》へりける御返《おほんかへ》りやいかがありけむ、なほいとあはれに思《おぼ》されければ、しのびて渡《わた》り給《たま》へりけるなりけり。

匂宮《におうみや》は、宮中から正妻のもとに行かず、なんとそのまま家に戻って来てしまったのです。彼は自分の出した手紙の返事、中君《なかのきみ》の返信——その内容は書いていないのですが——にすっかり心を揺り動かされてしまいました。そして、いじらしい中君のもとへと一目散に飛んで来たのです。それがかえってガラスの破片が砕けるように、中君の心を傷つけてしまうこととは知らず……。

自邸に帰った匂宮はすぐに中君を慰め、いたわります。二人は八月の美しい月を一緒に眺めます。いじらしい中君の姿、苦悩を隠しておっとりと振る舞っている姿がかわいそうになって、匂宮はなかなか出かけられません。そのうち、一向にやって来ない婿を迎えに、夕霧邸から迎えが来てしまいました。この時は、直接中君と夕霧邸の使いが鉢合わせすることはありませんでした。でも、迎えが来たことを中君は気づいてしまうのです。

匂宮は、無情にも中君を置き去りにして、出かけて行きます。「すぐに戻る」と言ったり、「私もつらい」などと言い訳をしたりしながら……。

中君は抜け殻のようになり、ただ流れる涙で枕も浮いてしまうような気持ちで、匂宮の後ろ姿を見送るのでした。

原因は匂宮の出した手紙。この手紙さえ出さなければ、そして中君の返事さえ見なければ、匂宮は宮中から出てくることはなかったのです。前の例では、匂宮が後朝《きぬぎぬ》の返事を自分の部屋で受け取っていれば、中君は、他所から来た後朝の返事を目にしなくてすんだのです。それぞれが手紙がらみで、同じような構成となっています。匂宮の善意が、逆に中君を苦しめてしまうような残酷な成り行きです。いくら心尽くしの言葉を掛けられても、その人が目の前から霧のようにいつもいつも消えてしまうのです。ついさっきまで側に居た人が自分のもとからいきなり去って行ってしまうつらさを、中君に与えてしまったのです。

いうまでもなく、匂宮は中君を憎んでいたわけではありません。意図して中君を悲しみの暗闇に放り出そうとしたわけではありません。逆に、いつも中君を思いやっていたからこそ、側にいてあげたかった。なぜなら、中君の苦しみを、焼けただれたような心の痛みを理解しているのは匂宮しかいなかったから。中君の胸が張り裂けるような思いをわかっているのは、他の誰でもない、中君を裏切った夫、匂宮でしかないのです。妻を裏切った夫が最も妻の苦悩を察することができる、という皮肉な展開……。そしてまた、この夫の思いやりが、逆に中君を頼るものもなく涙に浮かぶだけの闇に追いやってしまったのでした。このようなやりきれない筋立てのなかで、不思議な手紙が繰り返し繰り返し、不気味な、そして大きな影を落としていたのでした。

思えば、第一章でお話ししたように、彼の手紙は、通常の往復書簡――人と人とを結びつける絆《きずな》――から離れた所にありました。匂宮《におうみや》の手紙は、いつもいつもずれていたのです。そして、匂宮の手紙は人間関係を混乱させるだけではなく、筋立てに深い闇を与えていました。匂宮の異様なまでの女性に対する行動力の背後には、常に通常の形から逸《そ》れた手紙が、風に舞い散る花びらのように飛び交っていたのです。

第六章　王朝の遠距離手紙

思いを飛ばす遠距離手紙

旅に出ると、その旅先で葉書を出したくなることはありませんか。旅は、普段の生活、日常生活から離れた別世界。いつものどんよりとした気分から解放されて、生き生きと生まれ変わったような気持ちになります。こんなすがすがしい心地で旅先の風景を目にした時、この思いを誰かに伝えたくなるのですね。そして、なぜかいつも顔を合わせている人たちが無性になつかしくなって、家族や友だち、そして恋人などに旅先の写真つきの絵葉書などを投函したくなるのです。

このように距離は不思議な役割を持ち合わせていました。現実的、地理的な距離に反比例して心の隔たりを一気に縮めてしまったり、また一方、道のりが遠ざかるにしたがって、心がむなしく離れていったりすることもありました。

距離と心は一筋縄ではいきません。あたたかい風に運ばれる手紙もあれば、距離が二人の心を離してしまうつらい溝になることもありました。たとえば、次にあげる『和泉式部日記』は実際の距離が、二人の間のどんよりとした停滞感を吹きとばしてしまった例です。

宮は「ずいぶんと連絡をしていないいな」と思われて、お手紙をお出しになろうとしたら、童（小舎人童《こどねりわらわ》）が、「この間、あちらにうかがいましたら、最近は石山寺にいらっしゃる、というお話です」と使者を使って宮に申し上げたのです。宮は、「そうか、でも今日は日が暮れてしまったな。明日の朝早く、石山寺に行きなさい」とおっしゃってお手紙を書き直されて、童にお渡しになり……。

（『和泉式部日記』）

宮《みや》、「久《ひさ》しうもなりぬるかな」とおぼして、御文《おほんふみ》つかはすに、童《わらは》、「ひと日《ひ》まかりてさぶらひしかば、石山《いしやま》になん、このごろおはしますなる」と申《まう》さすれば、「さは、今日《けふ》は暮《く》れぬ。つとめてまかれ」とて、御文書《おほんふみか》かせ給《たま》ひて、たまはせて……。

四月に始まった帥宮《そちのみや》と和泉式部の恋は和泉の悪い噂などが障害となって、なかなか進展しません。思いあまった和泉は、この淀《よど》んだような状態を何とかしようと、石山寺に籠《こも》ったのです。時は八月のことでした。有能な小舎人童は、どこからか和泉が石山寺に行った情報を耳にして、帥宮に伝えました。

さて、ここで少し物詣《ものもう》でのお話をしておきましょう。物詣でとは、願いごとを寺社に持って行って数日間籠ることなのです。もちろん、日帰りの参詣《さんけい》もありましたが、多くはある程度の期間を寺社で過ごしました。だいたい一週間から十日間ぐらいでしょうか。この時の和泉式部は一週間程度籠ったようです。物詣でに出かけることは、一日中家のなかにいた王朝女性にとって数少ないレクリエーションの一つでした。

ところで、彼女たちが物詣でに出かける時には、いろいろなことをしなくてはなりませんでした。まず出かける前に、その寺社の局《つぼね》（部屋）を予約します。局は参籠《さんろう》の時の部屋で、礼拝《らいはい》（合掌低頭して神仏を拝むこと）や誦経《ずきょう》（声に出して経を読むこと）をする所です。屏風《びょうぶ》などを立てて自分の部屋を確保しました。ここでは主に仏道修行をしたのです。いろいろな説がありますが、宿泊場所は「僧坊《そうぼう》」にあったようです。そして、出かける時に持って行くものとしては、灯明《とうみょう》（神仏に供える灯《あか》り）と願文《がんもん》（願いごとを書いた紙）でした。ここに出てくる石山寺は物詣での聖地で、『蜻蛉日記《かげろう》』や『更級日記《さらしな》』などにも登場します。彼女たちはここに祈願に行ったり、はたまた夢を見て、将来を占ったりしたのです。

この石山寺は琵琶湖《びわこ》のそばで、都からはかなりの距離です。でも、和泉はこの停滞している帥宮《そちのみや》との関係を打開しようと、そしてまた、自分を見つめ直そうと石山寺へと旅立ったのです。女性たちの見果てぬ夢や願望が詰まっている石山寺へと……。

一方、帥宮は連絡もなく、いきなり石山寺に行ってしまった和泉の行動に、とまどい驚きました。あわてて手紙を書き直し、童に持って行かせたのです。これ以降、この童が二人の手紙を十キロ以上ある大変な道のりを運ぶことになりました。都と石山寺の間ですさまじい手紙の往来が続きました。その遠い道のりを飛び続けた手紙の回数と内容を以下にあげておきましょう。

①宮から……手紙（歌一首）

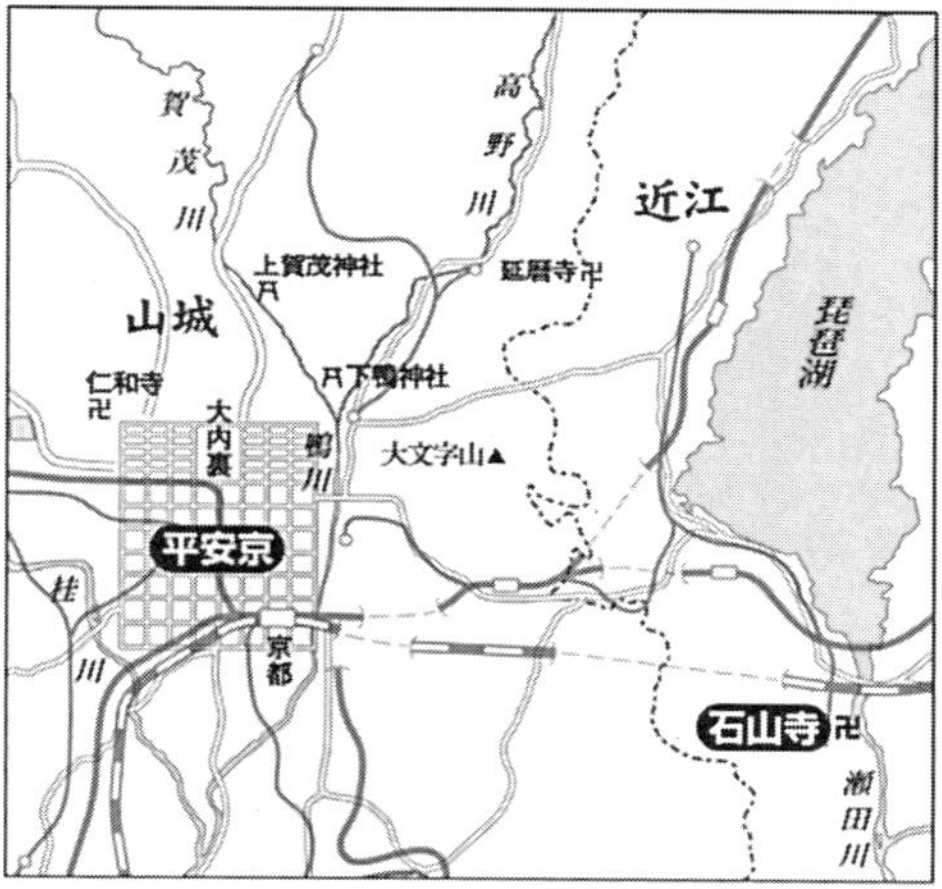

石山寺と都

②和泉から……手紙（歌二首）
③宮から……手紙（歌二首）
④和泉から……手紙（歌二首）

都に二人がいる時は、帥宮の身分が高いこともあって、なかなか和泉に連絡がとれませんでした。また、和泉に対して、浮気っぽい女性という噂を耳にしていたので、帥宮はそう頻繁に手紙を送ったりはしていませんでした。連絡がとりやすい都のなかに二人はいたのに、連絡は僅少だったのです。それが、短い間に、これだけの手紙が都と石山寺との時空を超えて飛び交ったのです。それもほとんどが二首重ねの歌つきで……。

また、帥宮《そちのみや》は③の手紙を出す時は、石山寺から戻ってきたばかりの童に「苦しくとも行け」などと命令しているのです。帥宮と和泉式部の手紙は、都と石山寺の間で琵琶湖の波のように寄せては返し、熱い気持ちが流れ続けました。

いつもいる所から離れ、日常生活を離れた手紙のやりとりには不思議な力が潜んでいたようです。遠い遠い道のりが、逆に二人の心を強く結びつけてくれました。このように、遠距離の手紙は時として心を大きく動かす原動力ともなったのです。都での駆け引きを忘れ、二人ともお互いに素直な気持ちで向き合ったのです。だからこそ、④の後に、和泉はあっけなく帰京してしまったのです。まるで、帥宮の渦巻くような情熱に動かされるように……。

距離を越えて生まれた絶唱

このように遠い隔たりを飛び越えたやりとりの後、和泉の気持ちに変化が起きました。そして、それは、帰参後の和泉の歌にはっきりと姿をあらわしました。なぜならば、一気に走り出した素直な思いが、帰参してからの和泉の歌にはあふれ出ているからです。

山《やま》を出《い》でて冥《くら》き途《みち》にぞたどりこし今《いま》ひとたびの逢《あ》ふことにより　（同）

仏様のいらっしゃる明るい山を出て、苦しい真っ暗な世間に戻って来ました。あなたに、ただあなたに、再びお逢いすることのため……。

あまりにも早い帰京に、帥宮は「都の方に帰って来い、とあなたを誘ったのは、いったいどこのどなたなのでしょう」（あさましや法《のり》の山路《やまぢ》に入《い》りさして都《みやこ》の方《かた》へたれさそひけん）という主旨の、若干からかい気味の歌を送ったのです。この和泉の歌は、その時の返歌です。

やるせない気持ちが素直に歌われていて、いかにも和泉らしい情熱的な、それでいてせつない調べをたたえています。この歌は和泉が得意とする恋の歌、強さといじらしさが同居していて、一直線に思いを伝える歌となっています。遮《さえぎ》るものがあったればこそ生まれた、率直で激しい恋の歌。なお、この歌のなかに使われている二つの言葉「冥《くら》き途《みち》」と「今ひとたびの逢ふこと」というのは、彼女の代表歌にも登場します。それだけに、『和泉式部日記』のなかで、彼女らしさが光を放っている恋の歌の絶唱ともなっているのです。それでは、せっかくなので、次にこの二首をあげておくことにしましょう。

①冥《くら》きより冥《くら》き途《みち》にぞ入《い》りぬべきはるかに照《て》らせ山《やま》の端《は》の月《つき》

（『拾遺《しゅうい》和歌集』一三四二番）

私は情念の暗闇から、さらにさらに深い闇へと迷い込んでしまいそうです。どうか、山の端の月よ、はるかに照らして私をお導き下さいませ。

②あらざらむこの世《よ》のほかの思《おも》ひ出《い》でに今《いま》ひとたびの逢《あ》ふこともがな

（『後《ご》拾遺《しゅうい》和歌集』七六三番）

病が重く、私はもう、命の炎が絶えようとしています。でも、あの世までの思い出としてもう一度、せめてもう一度あなたにお逢いしたい……。

①の歌は性空上人《しょうくうしょうにん》という人に和泉が詠み送った歌です。性空上人は仏法の体現者です。煩悩の闇、恋の闇をさまよっている和泉が、真如《しんにょ》の月（仏法の真理。ここでは性空上人を指す）が夜の闇を照らし、救ってくれることを祈った歌です。なお、「冥《くら》き

より冥《くら》き途《みち》にぞ入《い》りぬべき」は『法華経』の「化城喩品《けじょうゆぼん》」からとったものといわれています（冥《くら》きより冥《くら》きに入《い》りて永《なが》く仏《ほとけ》の名《みな》を聞《き》かざりしなり）。

恋の闇を自覚しながらも、その闇から抜け出ることができない和泉。恋に生き抜き、波瀾《はらん》万丈の生涯を送った和泉らしい歌です。この「冥《くら》きより冥《くら》き途《みち》」という部分が、さきほどの石山帰参後の「冥き途」と同じ言葉となっています。恋の闇をあらわし、その闇からの救いを望んで、それにもかかわらず闇に戻ってしまう、和泉の恋の実態をせつないまでにあらわしています。「石山寺」に救いを求めたのが帰参後の歌、そしてこの歌は、「性空上人」にすがるような歌です。どちらの歌にも、煩悩からの救いを求めながらもなお、暗く出口のない恋の底に落ちていく和泉の姿が漂っています。

そしてまた、②は『百人一首』にも採られている有名な歌です。「今ひとたびの逢《あ》ふこと」という語が石山帰参後の歌「今ひとたびの逢《あ》ふことにより」と同じです。こちらは恋の激しさを刻みつけるようなフレーズです。詞書《ことばが》き（歌の前に置かれた歌の説明）によると、和泉が病気になった折に詠んだ歌。命が絶えようとする一瞬、それでも恋人との最後の逢瀬《おうせ》を願うせつなくも激しい歌です。ひたむきで鮮烈な思いが「今ひとたびの」という、ほとばしるような強い調べに込められています。

このような歌、和泉の二首の代表歌と重なる言葉を使った歌が、この、石山寺から戻ってきてからの歌として書かれているのです。隔たりを越えて生まれたせつなくも渦巻く思いが、素直に、そして強く響き渡っています。駆け引きなど何もない帥宮《そちのみや》への恋心が生み出した純粋な歌、飾りのない強い恋の歌は、遠い距離を越えて、いや、遠い距離を越えたがために生まれたのでした。

遠距離手紙の必殺技

このような日常を超えた手紙、遠隔地からの手紙に手腕を発揮した男性がいます。それは『蜻蛉日記《かげろうにっき》』の作者の夫、藤原兼家《かねいえ》です。兼家と道綱母《みちつなのはは》は、二人とも都のなかの、それもかなり近場に住んでいるのですが、兼家《かねいえ》は道綱母《みちつなのはは》が期待するほど頻繁には連絡を寄こさないのです。そのために道綱母は絶望と悲しみにいつもひたされていました。ところが、そんな兼家が、なぜか都を離れるときっちりと手紙を送ってくるのです。それも素直な手紙を……。

長い精進《しょうじん》（心身を浄《きよ》め行いを慎むこと）をはじめたあの人は、山寺に籠《こも》っていました。雨がひどく降って、ぼんやりといろいろなことを考えていると、「ここはとてもみすぼらしく心細い感じがする所だよ……」などと書いてよこしたのかしら……。

（『蜻蛉日記《かげろうにっき》』中巻）

長《なが》き精進《しやうじ》もはじめたる人《ひと》、山寺《やまでら》に籠《こ》もれり。雨《あめ》いたく降《ふ》りて、ながむるに、「いとあやしく心細《こころぼそ》き所《ところ》になむ」などもあるべし……。

兼家は山寺に籠っています。道綱母は降る雨のなかで寂しさにぼんやりしていました。すると、山寺からはるばると手紙が届いたのです。兼家は四十一歳。道綱母は三十四歳くらい。もうかなり年をとった兼家は、なぜか山寺の様子を書いてきました。山寺で心細くなったのか、道綱母のもとに手紙を出したのです。常日頃あまり連絡を取らなかった兼家ですが、遠く離れた所からわざわざ手紙を送ってきてくれました。そこには、心細く寂しげな山寺の様子が書かれていたのです。

なお、ここにでてくる「かしら……」というのは前にちょっと説明したように、日記文学の特徴、「ぼかしモード」です（第三章「返事を待っている！　使い」）。それはさておき、兼家の手紙は、何だか意気消沈して、元気がない様子でした。だから、いつもと違う兼家の様子に道綱母もすぐ歌を送ったのです。

このように、兼家の遠距離手紙は、普段は連絡僅少を怒り続けている道綱母の心を溶かしてしまいました。ただし、この後に道綱母は兼家の邸《やしき》、入りたいと望み続けていた東三条邸《ひがしさんじょうてい》に入れず、悲嘆と絶望の闇に突き落とされてしまうのですが……。

いつもは豪放磊落《ごうほうらいらく》な兼家も、都を離れて遠隔地にいると孤独になるようです。それが、素朴な手紙を書かせる原因かもしれません。緊急連絡というわけでもないのに、いつもと違って手紙を、それもやさしい手紙を送ってきたのです。特に用件もないのに、遠い距離を越えて飛んでくる手紙。この手紙は雨に閉ざされ、うつろになっていた道綱母《みちつなのはは》の心に一瞬の光を射し込んでくれました。このように、遥《はる》かな道のりを越えた手紙は、「素直」という風を運ぶことができたのです。兼家《かねいえ》はこのテクニックを習得していたらしく、実はこの時から二年近く経った四十三歳の時にも、また山寺から同じように手紙を送ってきました。

心がわびしくなるような山住みは、普通の人だったら見舞いの言葉をかけてくれると聞いていたけれど、何も見舞ってくれないのはつらい、と言う人もいるよ。（同）

心細《こころぼそ》げなる山住《やまず》みは、人《ひと》とふものとこそ聞《き》きしか、さらぬはつらきもの、と言《い》ふ人《ひと》もあり。

道綱母《みちつなのはは》はこの便りにすぐ返事を書きました。するとまた山寺にいた兼家《かねいえ》から即刻返事がきました（またもたちかへりなどあり）。この時の兼家の手紙はどのようなものか、内容は書かれていません。でも、兼家は、都から離れるとたまらない寂しさに蝕《むしば》まれ、いたたまれなくなるようです。この彼の孤独が、忘れかけていた思いやりを取り戻してくれるのでしょうか。都にいる時は、どちらかというと道綱母をうっとうしく思っている兼家ですが、遠く離れるとまるで別人のようです。

兼家は、山寺から戻って三日後に、道綱母のもとに飛んで来たのですが、その後は例によっていつものように間遠《まどお》になってしまいました。せっかくの山寺だよりが二人のほどけかけた絆《きずな》を結び直してくれたのに。またしても二人の絆はほどけそうな状態に逆戻りしてしまいました。

悲しみの六条御息所《ろくじようみやすんどころ》

このように遠く離れた手紙は、『蜻蛉日記《かげろう》』の場合、一瞬ではありますが、二人の心を結びつける手段ともなりました。ところが、もう逢えないことがわかりながら手紙を出した、悲しくもせつない関係の二人もいます。

六条御息所は、とても身分の高い女性でした。彼女は前の東宮《とうぐう》の妻。東宮は皇太子のことです。なぜ「前」かというと、東宮は若くして亡くなってしまったからです。だから六条御息所は未亡人でした。光源氏は、この七歳年上の気高く教養あふれる未亡人を愛人にしていたのです。どこか冷たく澄んだ六条御息所のたたずまい、そこに光源氏は惹《ひ》かれていました。

でも、その当時、光源氏は葵《あおい》の上《うえ》と結婚していて葵の上の方が正妻だったのです。六条御息所の方はただの愛人。彼女はそんなこともあって苦悩の日々を送っています。そのうえ、正妻の葵の上は妊娠していたのです。もちろん光源氏の子どもです。六条御息所の苦しみは泥沼にはまったように、深まるばかりでした。最後には、自分が光源氏に捨てられる運命になるかもしれない、そんなことになったら世間のいい笑いものになってしまう……。絶えることのない屈辱感が六条御息所を蝕んでいました。ただし、六条御息所は自尊心の強い女性です。必死になって自分の本心を隠しています。少しずつ少しずつ六条御息所を支えている最後の砦《とりで》、プライドが砂のように崩れ始めていました。

そうこうしているうちに、大変なことが起こってしまったのです。葵祭の前日に行われる禊《みそぎ》の日、このお祭りの行列を見ようと、全国各地からたくさんの人々が集まってきました。そのようななかでも皆のお目当ては行列の光源氏でした。懐妊中の正妻葵《あおい》の上《うえ》も祭り見物に出かけました。もちろん、正妻なので、格式ばらぬ程度ではありますが、華麗な仕度をして行ったのです。一方、六条御息所の方はひっそりとやつれた車で出かけました。光源氏の姿を一目でも見たいという、せつない女心を抱きつつ……。

なお、当時の見物は単に祭りや行列を見に行く、ということだけではありませんでした。もちろん目的は見物なのですが、もう少し別の要素もありました。それは見物人もまた他の人たちから見られている、ということなのです。特に葵《あおい》の上《うえ》は光源氏の正妻。そして、左大臣家の姫君です。この高貴な一族は、人々から注目されていたに違いありません。

六条御息所《ろくじょうみやすんどころ》の方は、人の目を恐れて、姿をやつしていました。前の皇太子の妻が、やっぱり光源氏の行列を見に来ているぞ、という噂になったら困るから……。

ところが、光源氏の相手だということが、それとなく葵の上の家来たちにわかってしまったのです。とうとう車の場所争いから起こった乱闘で、六条御息所《ろくじょうみやすんどころ》たちは葵の上の下人たちに追いやられてしまいました。無惨にも、彼女の車はぼろぼろにされてしまったのです。このようなひどい仕打ちを受けた六条御息所は、それまで必死になって守ってきたプライドが粉々に打ち砕かれてしまいました。壊された車と同じように……。

車争い（『絵入源氏物語』）

この強い恨み、自尊心を傷つけられた恥辱から、六条御息所は生き霊となってしまったのです。怨念と羨望《せんぼう》、そして自分でも許せない屈辱感が、六条御息所の心を壊してしまいました。六条御息所のなかにいるもう一人の六条御息所。抑えに抑えていた渦巻く怨恨が、物《もの》の怪《け》という形になってあらわれたのです。そして、その魂が出産間近の葵の上に取り憑《つ》いてしまったのです。その後、この生き霊はおそろしいことに、葵の上の命を奪ってしまったのでした。

苦しんでいる葵の上の側にいた光源氏は、葵の上に取り憑いたこの物の怪が六条御息所だと悟ってしまいました（ただかの御息所《みやすんどころ》なりけり）。光源氏が今まで想像すらしなかった、いや想像もできなかったことが現実に起こったのです。非の打ち所のない女性、気高く美しく、そして優雅で怜悧《れいり》な女性。そんな六条御息所が物の怪になってしまった。物の怪としての姿を間近に見た光源氏は、さまざまな思いのなかで苦しみ続けます。

当然、光源氏は今までのように、六条御息所と平静な気持ちで向き合うことができなくなってしまいました。振り払っても振り払っても物の怪となった御息所の姿が頭のなかに浮かんできます。でも、だからといって、憧れていた六条御息所への恋心も取り払うことができません。いっそのこと、六条御息所への憎しみで心を満たした方が楽なのに……。

六条御息所の方も生き霊になってしまったことを自分で察知します。それでもなお、心のなかにある光源氏への執着を断ち切ることができません。粉々に砕け散ったプライドを抱えながら……。

距離を越えたせつない思い

ところで、六条御息所《ろくじょうみやすんどころ》には前の夫との間に娘がいました。彼女は、伊勢神宮（三重県伊勢市）に仕える斎宮《さいぐう》（伊勢神宮に奉仕する未婚の皇女、または女王）となっていたのです。かねてから、その娘とともに六条御息所は伊勢に下ろうかと迷っていました。

榊《さかき》の手紙（『絵入源氏物語』）

そして、ついに六条御息所は、娘とともに遠い遠い伊勢に旅立つという苦渋の決断をしました。自分の妄執を自分から断ち切るように……。

野宮《ののみや》（斎宮、斎院《さいいん》が潔斎《けっさい》のため籠る所。斎宮の野宮は嵯峨《さが》にあった）でのつらい別れを経て、とうとう伊勢へ出発する運命の日になってしまいました。暗くなってから、六条御息所の一行が光源氏の邸《やしき》（二条院《にじょういん》）の前を通ります。そのつかのまの瞬間をとらえて、すかさず光源氏は、榊《さかき》（神域に植えられる常緑樹）につけて、和歌が書いてある手紙を送ったのです。

ふりすてて今日《けふ》は行《ゆ》くとも鈴鹿《すずか》川八十瀬《がはやそせ》の波《なみ》に袖《そで》はぬれじや（『源氏物語』「賢木《さかき》」）

私を振り捨てて、今日伊勢に行ってしまうのですね。でも、伊勢を流れている鈴鹿川、その川を渡る時、あなたの袖はたくさんの川波に濡れないのだろうか。いやきっと濡れるにきまっている。私との別れを後悔する涙に濡れるように……。

光源氏は捨てきれない、流し去ることのできない未練を歌いました。これから伊勢に行く六条御息所、その神域にふさわしく榊という神木《しんぼく》につけた手紙をすばやく送ったのです。そして、歌のなかには、伊勢の名所である鈴鹿川（三重県北部を流れて伊勢湾に注ぐ川）を詠み込んだのです。八十瀬《やそせ》はたくさんの浅瀬という意味。浅瀬は絶えることのない波を作り続けます。轟々《ごうごう》と音をたてて飛沫《ひまつ》をあげる鈴鹿川、その激しい波に濡れるように、あなたの袖は後悔の涙で濡れるに違いない……。いまだに振り切れない、そして捨て去ることができない、熱い源氏の執着心がにじみでているような歌です。

それに対して次の日、六条御息所は遠い逢坂《おうさか》の関の向こうから返信します。

鈴鹿《すずか》川八十瀬《がはやそせ》の波《なみ》にぬれぬれず伊勢《いせ》までたれか思《おも》ひおこせむ　（同）

鈴鹿川のたくさんの波。それに濡れないかどうかなんて、いったいどなたが、遠い遠い伊勢まで思いやってくれるのでしょうか。

六条御息所《ろくじょうみやすんどころ》の歌は、切り返しの歌（反論するような歌）です。「涙に濡れるか濡れないか、などと誰が私のことを思ってくれるのでしょう」と冷たく突き放したような歌。光源氏は「もう少し、やわらかなところがあったら」と思います。でも、このあえてやわらかさのない強い歌の裏に、六条御息所の諦《あきら》めの決意と悲しさがにじんでいるのです。まるで、涙にむせぶ六条御息所の姿が川底に沈んでいくように……。

そもそもこの六条御息所が手紙を送った逢坂《おうさか》の関というのは、京都府と滋賀県の間の関所で「逢う」とかけられて、よく歌われる地名です。「逢う」という名の逢坂から遠く隔たってしまった光源氏と六条御息所。最後の別れに臨む六条御息所の和歌、この歌も、手紙という道具があればこそ運ぶことができたのです。別れを前提にしたせつなくつらい心のやりとりが、鈴鹿川の波のように、悲しみに打ち砕かれながら響き合っています。

誰のせいでもなく、光源氏は寂しそうにぼんやりと物思いに沈んで日々を暮らしていらっしゃいます。まして、御息所は、お出かけになった旅、その旅の空の下で、どんなにかおつらい思いが多かったことでしょう。

人《ひと》やりならず、ものさびしげに、ながめ暮《く》らし給《たま》ふ。まして旅《たび》の空《そら》は、いかに御《おほん》心《こころ》づくしなること、多《おほ》かりけむ。（同）

お互いに思いを残しながら離ればなれになっていく光源氏と六条御息所。別れた後、うつろな思いにひたされている二人。光源氏と六条御息所は、自分の力では止められない嫉妬《しっと》や執着、人間の業《ごう》の深さを間近に見てしまいました。でも、二人は最後になって、現実的な距離を越え、心を通わせました。そして、別れの苦しさを二人でじっと耐え忍んだのです。妄執や苦悩でふさがれていた暗く長いトンネル、闇のトンネルを抜けて……。

第七章　手紙の華麗な装飾

手紙を包むぬくもり

手紙は、文字を届けるためのもの。でも、心を込めるのは言葉だけではありません。なぜ人は手紙や葉書そのものをきれいに飾ろうとするのでしょう。美しく照り映える季節の花の模様で封筒と便箋《びんせん》を揃《そろ》えたり、季節の絵などに文字を添えて絵手紙にしたり、はたまた、珍しい記念切手を貼ったり……。

そもそも「手紙を飾る」というのは、「手紙をぬくもりに包む」ということなのです。なぜなら、それだけの熱意と時間が手紙をくるむことだから。手紙に添えられたものに心が宿り、手紙の内容とも響き合い、一つの世界を、相手を思いやる世界を作り出すのです。

書いた文章だけではなく、封筒や便箋、そして最小にして最大の芸術といわれる切手の模様が、手紙の世界をあたたかく守っているのです。硬い文字を取り巻くやわらかなものたち、それらが一つになってやさしさを奏でています。

それはメールでも同じこと。メールの書かれている感情と響き合うからこそ、フェイスマーク――泣いたり笑ったりしている人の表情――を入れるのですね。特にメールの場合は文字そのものが活字なので、冷たく、そしてよそよそしい感じから逃れられません。だから、そこに人間の顔を入れると、ほのぼのとしたやさしさが立ち昇ってくるのです。そして、むきだしの言葉たちがやわらかさに包まれるのです。
実は王朝の手紙も、さまざまな飾り、華麗な飾りに包まれていました。手紙につけられた季節の花や木、その色と同系色に照り映える紙の色、そして紙の手触り……。それらが醸《かも》し出す雰囲気が手紙全体をしっかりと支えていたのです。また、この手紙を飾る労力のなかに、送り手のセンスや人格が映し出されてもいたのです。

季節のハーモニー

まず、季節の植物と手紙についてお話ししておきましょう。季節の植物と紙の色はセットにするのが定番でした。手紙は主に植物の枝に結びつけたのです。これを文付《ふみつけ》枝《えだ》と呼びました。植物の色と紙の色がお互いに照り映え、内容とも響き合い、総合的な美しさを演出していたのです。

文付枝《ふみつけえだ》

柳の芽吹いたものに、青い薄様《うすよう》に書いた手紙をつけたもの。
（『枕草子』八五段）

柳《やなぎ》の萌《も》えいでたるに、青《あを》き薄様《うすやう》に書《か》きたる文付《ふみつ》けたる。

柳が萌えだして、青みが強い緑色、そのような枝に青い薄様と呼ばれる紙を結び文《むすぶみ》にした手紙。それが『枕草子』のなかで、「なまめかしきもの」（優美なもの）にあげられています。植物と紙が同じ色に照り映え、早春のすがすがしい生命力が包まれているような手紙です。まるで柳の萌えだした色と紙の色が、春の匂うような風を運んできたようです。まさに「優美」な手紙といえるでしょう。

このように、王朝の手紙は植物や花の色が紙の色とハーモニーを奏でていました。藤の花には紫の色、燃えるような唐撫子《からなでしこ》には紅を、そして白梅には目にまぶしいくらいの純白の紙を使ったのです。この行き届いた心配りが、王朝の手紙には必要でした。それが、送り手の人格やセンスをあらわしていたのです。ところが、とんでもない手紙セットを送ってきた人もいました。

蛇！ の文付枝《ふみつけえだ》

この姫君の一風変わった噂を聞いて「そんな様子でも、さすがにこれにはきっとびっくりするだろう」ということで、帯の端のとてもきれいなものに、蛇の形をそっくりにしたものを、しかも動くような仕掛けをしてつけました。そして、鱗《うろこ》模様の懸袋《かけぶくろ》（首からかける袋）に入れて、そこに結び文をつけたのです。（侍女《じじょ》

が）その結び文を見たら、

「はいずりまわってもあなたのおそばに居たいのです。あなたを長く長く思う気持ち。それと同じくらい長い長い身体の私は」（『堤中納言物語《つつみちゅうなごんものがたり》』）

この姫君《ひめぎみ》の事《こと》を聞《き》きて、「さりとも、これには怖《お》ぢなむ」とて、帯《おび》の端《はし》の、いとをかしげなるに、蛇《くちなは》の形《かたち》をいみじく似《に》せて、動《うご》くべきさまなどしつけて、いろこだちたる、懸袋《かけぶくろ》に入《い》れて、結《むす》び付《つ》けたる文《ふみ》を見《み》れば、

「はふはふも君《きみ》があたりにしたがはむ長《なが》き心《こころ》のかぎりなき身《み》は」

ある所に虫をかわいがっている変わった姫君がいました。自分の所の召使いたちにも「けら男《お》」、「いなごまろ」などと名前をつけていたのです。そのような噂を聞きつけて、ある男性が手紙を送ってきました。ただし、この手紙は、蛇――動くような仕掛けになっている――が入っている袋についていた結び文でした。その袋の模様まで、なんと鱗模様に統一されたおそろしい手紙です。歌の内容もまるで蛇が詠んだようです。男性は虫などをかわいがる姫君の性格を知っていて、このような手紙を寄こしたのです。すべてがなまなましい蛇でまとめられた不気味な手紙。侍女（主人の世話をする女性たち）が、手紙のついている袋を開けると蛇が首をもちあげたので、家中、

大騒ぎになりました。姫君は、一生懸命落ち着いた様子を見せて「この蛇は私の親戚」などと言いながらも、さすがに声が震えています。侍女の一人がとうとう姫君の父親に伝え、父親がわざわざ太刀《たち》を持って見に来ました。そこで、この蛇が作りものであったことがわかったのです。

動く蛇の模型、鱗模様の袋、蛇が詠んだような歌、これらはみごとにまとめられてはいますが、それにしても気味が悪い手紙セットです。

紅い紙で性格判断

こんな異様な手紙は、あまり受け取りたくはありませんね。それはさておき、王朝の手紙を包むものは、その場の状況やその人の心を映し出す鏡でもありました。何といっても、手紙の外側の装飾ですから、手紙を開ける前に人の目に触れるのです。現在でも、公式な手紙には模様入りの手紙を使用したりはしませんし、また、メールだと目上の人に絵文字を入れたりすることはありません。そして、就職の時などは、会社に出す手紙の封筒、便箋の使い方、住所の書き方などに気をつかいます。なぜなら、手紙の形がきちんと揃《そろ》っていなければ、出す側の常識が疑われてしまうからです。さりげなく紙の向こうに見える書いた人の性格。それが手紙の表面から判断されてしまうのですね。だから、知らない相手だと一層気をつけなければなりません。

王朝の手紙も、時として手紙の内容以上に、外側がその人の人格や配慮のなさをはっきりと示してしまうことがありました。ここでは二つの手紙を並べてみます。そして、その外見から内面があぶり出されてしまう、という恐いお話をしていきましょう。

光源氏（四十歳）は朱雀院《すざくいん》の娘である女三宮《おんなさんのみや》（十四、五歳）を正妻に迎えます。女三宮については前にも出てきました（第四章「硯箱の下の悲しい溝」）。ここは光源氏が女三宮と結婚した残酷な場面です。光源氏は女三宮との婚儀三日目の夜に紫の上の姿を夢に見て、あわてて紫の上のもとに戻ってきてしまいました。女三宮に伝言だけはしたのですが、そのまま五日目まで続けて紫の上のもとで過ごします。これは、妻となった女三宮に対して無礼なことですし、また女三宮の父親である朱雀院にも失礼なことになります。だから、光源氏は女三宮に言い訳の手紙を送りました。

宮（女三宮）のいらっしゃる方にお手紙を差し上げます。宮は特にこちらが緊張しなければならないような立派な御様子ではありませんが、御筆跡などをていねいに書いて、白い紙に、

「私たちの仲を隔ててしまうほどではありませんが、今朝から淡雪が降り乱れています。あなたを思って、乱れている私の気持ちのように……」

としたためて、白梅の枝におつけになりました。

（『源氏物語』「若菜上《わかなのじょう》」）

宮《みや》の御方《おほんかた》に御文《おほんふみ》奉《たてまつ》れ給《たま》ふ。ことに恥《は》づかしげもなき御様《おほんさま》なれど、御筆《おほんふで》などひきつくろひて、白《しろ》き紙《かみ》に、

「中道《なかみち》を隔《へだ》つる程《ほど》はなけれども心乱《こころみだ》るるけさのあは雪《ゆき》」

梅《むめ》に付《つ》け給《たま》へり。

この手紙の姿には、実に細かい心づかいが満ちあふれています。筆跡なども気をつかって、まっ白い紙に書き白梅につけたものでした。季節は二月。降り続ける二月の淡雪に合わせたように書かれた紙、そして梅の色までが透き通るような白で統一されています。すべてが雪におおわれた二月という季節にふさわしい色の組み合わせでした。

当然、光源氏の歌そのものも、和歌を飾る道具と響き合って「淡雪」の白さを中心に詠まれています。表面的には「私たちの仲を隔てるほどでもないけれど、降り乱れる淡雪に出かけて行けない」といった言い訳が詠まれています。でも、この歌には美しい本歌（下敷きになっている歌）がありました。それは、

かつ消《き》えて空《そら》に乱《みだ》るる淡雪《あはゆき》はもの思《おも》ふ人《ひと》の心《こころ》なりけり　（『後撰《ごせん》和歌集』四七九番）

一方では消えて、またその一方、空に乱れ舞う淡雪。その消えたり乱れたりする雪の姿は、まるで恋に苦しんでいる私の心のようです。

という歌です。この本歌が、光源氏の歌に深いやさしさを与えています。なぜなら、本歌にある「淡雪のように心が乱れるほどあなたを思っている」という気持ちが底の方にひっそりと流れているから……。このように光源氏の歌は、景色と心が掛け合わされて、ぬくもりが二重奏を奏でていました。

筆跡に気づかいながら書かれた、すべてが白色で統一されている手紙。この手紙の外見は、歌の内容と美しくこまやかに溶け合っています。雪の色を照り返すような白い手紙のなかに、誠意と思いやりも包み込まれていたのです。それでは、いったいこの光源氏の手紙に対して女三宮《おんなさんのみや》は、どのような返事をしたのでしょうか。

お返事は少し時間がかかりそうなので、……（略）。

手紙は紅の薄様《うすよう》にあざやかに包まれていたので、光源

梅

氏は、どきりとして「御筆跡のひどく子どもっぽいのをしばらくは（紫の上に）お見せしたくない、と思っていたのに。（紫の上を）分け隔てする、というわけではないけれど、軽く見えるものだったら、ご身分（女三宮）を考えてもおそれ多いことになる」とお考えになります。ただいきなり隠したりなさるのも、逆に紫の上が気まずく思われるかもしれない、とお考えになって、端の方だけを広げられたのです。すると、紫の上は横目でそれをちらっとご覧になりながら、何かに寄りかかって臥していらっしゃいます。

「風に吹かれて舞っている春の淡雪。それがはかなく中空で消えてしまうように、私もあなたがいらっしゃらないので、消えそうです」

この書かれている御筆跡は、本当にひどく子どもっぽく幼い感じです。（紫の上は）「これくらいの年ごろだったら、こんなにひどいものではいらっしゃらないはずなのに」と思わず目がいくけれど、見ないふりをしてそのままになさいました。

（『源氏物語』「若菜上《わかなのじょう》」）

御返《おほんかへ》り、少《すこ》し程《ほど》ふるここちすれば……（略）。紅《くれなゐ》の薄様《うすやう》に、あざやかに押《お》し包《つつ》まれたるを、胸《むね》つぶれて、「御手《おほんて》のいと若《わか》きを、しばし見《み》せ奉《たてまつ》らであらばや。隔《へだ》つとはなけれど、あはあはしきやうならむは、人《ひと》の程《ほど》かたじけなし」と思《おぼ》すに、ひき隠し給はむと心おき給ふべければ、かたそば広げ給へるを、しり目に見おこせて添《そ》ひ臥《ふ》し給《たま》へり。
「はかなくて上《うは》の空《そら》にぞ消《き》えぬべき風《かぜ》にただよふ春《はる》の淡雪《あはゆき》」
御手《おほんて》、げにいと若《わか》く幼《をさな》げなり。「さばかりの程《ほど》になりぬる人《ひと》は、いとかくはおはせぬものを」と、目《め》とまれど、見《み》ぬやうに紛《まぎ》らはして、やみ給《たま》ひぬ。

まず、女三宮《おんなさんのみや》の返事は遅かったのです。もうすでにこの時点で、彼女は、手紙の鉄則から完全にはずれています。手紙は速く、特に返事は迅速《じんそく》に出さなければいけないのに、なかなか返事が出せなかった。ここで、女三宮の手紙に対する反応の鈍さが、くっきりと浮かび上がってきます。

また手紙の道具立てもあざやかな紅でした。「紅の薄様」というのは、恋文の定番です。ただし、今考えるよりは「紅」の色が目につく文の彩色だったのです。

このような、きらめく色で包まれた恋文は、目に触れるかもしれない紫の上に対する配慮を完全に欠いていました。そのうえ、光源氏が筆跡に気をつかって書いた手紙に対して女三宮の筆跡は実に幼稚な、幼いものでした。

あまりのことに、光源氏は、女三宮の名誉、そして皇女という身分を考え、紫の上の前で端の方だけをさりげなく広げたのでした。歌そのものも自分を淡雪に見立てた単純な歌。こういう場合、光源氏の歌に本歌があったのだから、こちらも本歌を下敷きにして返すべきなのですが、それもありません（なお、『源氏物語』の注釈書『岷江《みんごう》入楚《にっそ》』には、この歌すら乳母《めのと》が作った、という注釈がついています）。

このように、女三宮の手紙は残酷に描かれます。女三宮は皇女でありながら、手紙や和歌の見本から遠く離れたところにいます。朱雀院《すざくいん》の娘でありながら情けないまでの常識のなさ。皇女でなくとも、手習《てなら》い（お習字）と歌はともに勉強することになっていました。この時の女三宮の年齢はすでに十四、五歳です。その年齢なら、普通の女性でも、十分美しい文字――連綿体（続き書き）――で手紙を書くことができたのです。

あまりの幼さに、そして手紙の基礎知識のなさに紫の上は愕然《がくぜん》として、見ないふりをしました。女三宮の立場を考えて……。

このようにすべてにおいて手紙の能力が不足している女三宮。でも、このお話は、単に、相手に配慮がない、手紙のセンスがない、字がきっちりと書けない、というエピソードだけではないのです。光源氏が結婚したことを後悔するほど幼稚な女三宮、彼女の未熟さ、幼さがこの手紙のすべてに――装飾にも筆跡にも――流れていたのでした。

その後、女三宮は「幼きさま」、「幼くおはする」、「幼き人」、「いと幼げに」、「幼き御心地」と描かれ続けます。

　このように手紙の形や筆跡が、おそろしいことに、その人の全人格を伝えてしまうこともありました。まるでこの手紙の背後には、女三宮の幼さまでが、雪とともにいつまでも散り乱れているようです。

狂おしい秘密の恋と紅色

　今は、手紙そのものが女三宮の未熟さをあらわしていた、というお話をしました。そこに出てきた手紙の色は、紅の薄様《うすよう》でした。紫の上が見るかもしれないのに、この手紙の外見が女三宮の配慮のなさ、無神経さをあぶり出していたのです。

　ところで、この薄様については、前に少しお話をしました（第四章「王朝文房具の基礎知識」）。薄いのにしなやかな紙で、王朝の作品にはよく登場するのです。これは、雁皮《がんぴ》（ジンチョウゲ科の落葉低木）で作られた紙なのです。雁皮はなかなか栽培が難しく、江戸時代には雁皮百パーセントの紙を「紙王」と呼びました。

雁皮《がんぴ》

　中世になって、この「薄様」は色が鶏の卵に似ているので「鳥《とり》の子紙《こがみ》」と呼ばれるようになったのです。だから、『源氏物語』のなかでは「鳥の子紙」という呼び方は出てきません。
　この薄様は実にさまざまな、きれいな色に染められていました。なぜなら、雁皮紙は耐水性があり、染色に適した紙だったからです。

そして、薄様は通常二枚重ねで使い、その際、まるで王朝の衣のように「重ね」の美を演出することもありました。上が白、下が蘇芳《すおう》（黒みがかった赤色）の紙で春をあらわしたり（「紅梅」）、上が薄紫、下が青の紙で、秋から冬に変わる一瞬を色であらわしたり（「うつろひ菊《ぎく》」）……。

これからお話しするのは、「紅の薄様」です。前の女三宮が使った手紙の紙と色です。今度はこの手紙の形がどのような展開をするのでしょう。登場人物は、『源氏物語』の「宇治十帖《うじじゅうじょう》」に出てくる浮舟《うきふね》、匂宮《におうみや》、薫《かおる》です。

匂宮と浮舟については、今までにもお話をしました（第一章参照）。匂宮は以前、家のなかで見かけた浮舟をやみくもに捜し、自分のものとしてしまいます。でも、浮舟はその時すでに実直でまじめな薫と結ばれていました。そして、薫は浮舟を都に迎え入れようとしています。

ところが、浮舟自身は、横から突如入ってきた匂宮に惹《ひ》かれる気持ちを抑えきれません。匂宮という波にのまれ、底知れぬ恋の海におぼれてしまったのです。

薫に引き取られることを喜んでいる母親、その母親も知らない、いや知らせてはいけない狂おしい秘密の恋。浮舟は罪深き恋の海から浮かび上がることもできず、孤独の底に沈み、苦しみ続けます。

ところで、この浮舟のもとには当然のことながら、薫と匂宮、双方から手紙が届けられます。ある時、匂宮と薫の文使《ふみづか》いが鉢合わせをしてしまったのです。でも、鉢合わせをしたところで、お互いが何も知らなければ、すれ違うだけとなったでしょう。

実は、二回目に鉢合わせをした時に、薫側の文使いである随身《ずいじん》があることに気づいてしまいました。宇治に来ているもう一方の使いが、大内記《だいないき》の家で見かけることのある男だ、ということに。大内記というのは、前にも出てきた人物です。そうです。匂宮と浮舟を取り持った人物です（第一章「妖《あや》しい恋とずれた手紙」）。

不審に思った随身が、この男を、「何の用事でここにたびたび来ているのか」と問い詰めます。男はしどろもどろになってしまいました。そして「主人（時方《ときかた》）の使いで宇治の女房に手紙を運んでいるのだ」と咄嗟《とっさ》に嘘《うそ》をつきます。

鉢合わせした文使《ふみづか》いたち（『絵入源氏物語』）

機転の利く随身は、「何かおかしい」と直感しました。そして、連れてきていた童にこの男の尾行をさせたのです。この男の言うとおりならば、手紙を届けに時方の家に入って行くはずです。ところが、この男が戻って行った先は、なんと匂宮邸でした。

そして、手紙を渡している相手は、時方などではなく、大内記だったのです。

その後、随身が薫の邸《やしき》に戻ってきました。ただし、随身のまわりには、取り次ぎの人がひかえているので、この話を薫の耳に入れることはできません。それに薫は、体調が悪くなっている明石《あかし》の中宮《ちゅうぐう》（中宮は天皇の妻）の所に出かけなければならなかったのです。

明石の中宮は匂宮の母親なので、当然匂宮も来ています。ここで薫はとんでもないことを目撃してしまいます。遅れてきた大内記が手紙を匂宮に渡す所を、そして、匂宮が手紙を引き開けてしみじみと読みふけっている姿を……。

宮（匂宮）は、手紙を開けてご覧になっています。その手紙は紅の薄様《うすよう》にこまごまと書いてあるように見えます。

（『源氏物語』「浮舟《うきふね》」）

引《ひ》きあけて見給《みたま》ふ。紅《くれなゐ》の薄様《うすやう》に、こまやかに書《か》きたるべしと見《み》ゆ。

その手紙は「紅の薄様」でした。匂宮は熱心に、くいいるように手紙を見ています。でも、この時点では、その手紙がどこからきたものか、薫にはわかりません。匂宮が熱中している女性からの手紙だろう、と漠然と思っただけでした。

薫は皆が退出するころ、さきほどの随身が何か変だったのを思い出して随身を呼びつけました。随身は、宇治に挙動不審な使いがいたこと、その使いを童が尾行したこと、そして、その使いが匂宮邸に入って大内記に手紙を渡したことを伝えたのです。そのうえ、手紙の形について次のように語ったのでした。

下人が申しておりましたことには、「赤い色紙で、とても美しいものだった」ということでした。

下人《しもびと》の申《まう》し侍《はべ》りつるは、「赤《あか》き色紙《しきし》の、いときよらなる」となむ申《まう》し侍《はべ》りつる。（同）

薫はすべてを悟ってしまいました。匂宮がくいいるように見ていた「紅の薄様」がこの「赤い色紙で、とても美しいもの」と同じものであったことを……。この赤い手紙は薫の心につんざくような稲妻を走らせました。二人の裏切りをあざやかに示す赤、そこから、薫はかけがえのない親友と、そしてようやくみつけた恋人との裏切りを知ったのです。紅色が妖《あや》しく輝く手紙の色。それが破滅の予感をはらみながら、暗く、そして重たい光を放ちました。

この後、浮舟は、薫から匂宮との関係を追及され、ついに宇治川に身を投げる決意をします。罪という名の波が激しく渦巻いている宇治川に……。

手紙から裏切られた匂宮

このように、手紙の外見、その紅色が最も知られたくない人に、狂おしい秘密の恋を伝えてしまいました。言葉を届ける手紙。でもそれは内容だけではなく、見かけだけでおそろしくも妖しい関係を伝えてしまったのです。そして、それを手にしていたのは、またもや匂宮でした。

そもそも匂宮と手紙の関係は、今までお話ししたように異様なエネルギーを放っていました（第一章、第五章参照）。

ただ、彼自身が書いたものは、常識からはずれたひどい手紙ではありません。手紙の姿としては申し分のないものでした。文字の形も美しく、心を尽くした言葉がしたためられていたのです（「さりげない走り書きの筆跡やお言葉も、すばらしくすてきな様子でいらっしゃるのを」〈椎本《しいがもと》〉、「書き慣れていらっしゃる筆づかいの跡などがきわだってあでやかなのも」〈総角《あげまき》〉、「いろいろと心のなかの尽きない思いをたくさんお書きになって」〈浮舟《うきふね》〉……。

彼の手紙はうるわしい筆跡、選び抜かれた言葉がたくさん書かれていた美しい手紙でした。だから、匂宮自身の手紙は、通常の「手紙作法」からすれば、合格点を遥かに超えた手紙だったのです。

ただ、手紙の姿が完璧に整っているにもかかわらず、匂宮はいつも手紙がらみで、常軌《じょうき》を逸《いっ》した行動をとっていました。匂宮の怒濤《どとう》のような激しい情熱――特に女性に対して走りだす姿――が、筋のなかで手紙を使いながら、過剰に膨《ふく》らみ続けていたのです。でも、とうとう、膨らんだ風船がはじけるように、彼自身が手紙に裏切られることとなってしまいました。よりによって匂宮は手紙の姿に裏切られ、手紙の形そのものから復讐《ふくしゅう》を受けてしまったのです。

……そして、結局匂宮は、浮舟を失ってしまいました。彼は大切な人を、心を尽くした人を、宇治川の泡が消えるように、はかなく失ってしまったのです。

「宇治十帖《うじじゅうじょう》」の匂宮と手紙。その底には、女性にとらわれすぎている匂宮の行動が、目に見えない形で横たわっています。彼のやみくもに女性を追いかける姿が、手紙という形を借りて走り続け、飛び回っているのです。まるで匂宮が手紙に動かされ、あやつられているように……。

匂宮と手紙の破天荒《はてんこう》な関わり。それが宇治の空に稲妻を走らせ、穏やかな宇治の空を引き裂き、人々の気持ちを根底から揺さぶり続けたのでした。

第八章　手紙の時間と命

手紙のタイムラグ

さて、第三章、第五章でお話ししたように、王朝貴族はその優雅な印象とは違って、手紙の速度には今考える以上にこだわっていました。手紙の遅速で、心が雲のようにどんより曇ったり、はたまた日が射すように輝いたりしました。流れる時と空間を超えたいちはやい手紙の送信は彼らの思いを運んでいたのです。そこには、一瞬でも速く届けたい、という彼らの飛ぶような気持ちがあふれていました。

それでは、もしも手紙が何らかの事情で「速く」相手に届かなかった場合、すれ違ってしまった場合はどうなるのでしょうか。返信をしたつもりなのに、何らかの支障により相手に届かなかった時……。今でもある手紙やメールのすれ違い。一足違いで連絡が齟齬《そご》になってしまうおそろしいタイムラグです。

この不思議な時間と手紙の関係は、「すれ違い」という今現在の時間の落差を示すこともありました。またそれだけではなく、流れゆく時を遥かに超えてしまうこともあったのです。たまたま、昔の手紙をふと目にすると、鮮やかな記憶の断片が、手紙とともによみがえってくることがありますね。そうすると、過去へ手繰り寄せられるように、今の自分がタイムスリップしてしまうような気持ちになります。忘れ去られた過去が、何十年もの時を超え、突如として目の前に姿をあらわしてしまうのです。

第八章はこのような不思議な力を持っている時間と手紙のお話です。時間という空のなかで雲のように漂う手紙たち、この手紙たちはいったいどのような表情を見せていたのでしょうか。そして、この手紙たちは、どのような架《か》け橋を空の上に作ったり、壊したりしたのでしょうか。

まずは現実的な行き違い——短時間で、手はずが狂ってしまった時の手紙の姿——を見ていきましょう。

遅刻した！　文使《ふみづか》い

その夜の月はことのほか明るく澄んでいたので、女（和泉）の方でも、宮の方でも眺め明かしました。翌朝、宮はいつものようにお手紙をお送りしようとして「童は来ているのか」とお聞きになっているその時、女の方も霜がまっ白なのでびっくりしたのでしょうか、

「私の手枕《たまくら》の袖にも霜が置いてしまいました。私が一人ぼっちで過ごした夜、その間に悲しみの涙が凍って霜になったのです。今朝、よく袖を見るとまっ白になっていました」

という手紙をお送りしたのです。宮は「悔しい、先を越された」と思われて、

「妻のあなたを恋しく思って一晩中起きていました。その涙、私の涙が凍ってできた霜なので……」

と口ずさんでいらっしゃる、ちょうどその時、童がやって来たので……。

（『和泉式部日記』）

その夜《よ》の月《つき》の、いみじう明《あ》かくすみて、ここにも、かしこにも、ながめ明《あ》かして、つとめて、例《れい》の、御文《おほんふみ》つかはさむとて、「童《わらは》、参《まゐ》りたりや」と問《と》はせ給《たま》ふほどに、女《をんな》も、霜《しも》のいと白《しろ》きにおどろかされてや、

「手枕《たまくら》の袖《そで》にも霜《しも》はおきてけり今朝《けさ》うち見《み》れば白妙《しろたへ》にして」

と聞《き》こえたり。「ねたう先《せん》ぜられぬる」とおぼして、

「つま恋《こ》ふとおき明《あ》かしつる霜《しも》なれば」

とのたまはせる今《いま》ぞ、人参《ひとまゐ》りたれば……。

『和泉式部日記』のなかで、だんだんとクライマックスに近づいていく場面です。宮と和泉の恋は、忍びの恋。二人の身分差という障害もあって、なかなか先に進みません。でも、ようやく宮から「自分の邸《やしき》に来ませんか」という誘いがあったのです。こ

こは、その直後の二人のやりとりです。

この和泉の手紙は、ちょうど宮が手紙を出そうとして童を呼んだ時に届いたのです。宮は、和泉の手紙が先に来たことを怒って悔しがります。童が早く来ていれば、和泉に先を越されることはありませんでした。それでも、何とか宮はこの和泉の手紙の返事を書きました。この宮の歌は和泉の歌の上句《かみのく》（五・七・五）をつけかえたものとなっています。だから、「つま恋《こ》ふとおき明《あ》かしつる霜《しも》なれば今朝《けさ》うち見《み》れば白妙《しろたへ》にして」（妻のあなたを恋しく思って一晩中起きていました。その涙、私の涙が凍ってできた霜なので、今朝は袖がまっ白になったのですよ）となるのです。和泉の歌も宮の歌も「相手を思う余りこぼれ続ける涙が霜になってしまった」というせつない恋の歌となっています。

ところで、宮の怒りはもちろん時間的なタイミングがずれた童の失態に対する恨みなのですが、実は、もう一つの理由があるのです。それは和泉の和歌、宮が上句をつけた和泉の歌にあります。そのなかでも「手枕《たまくら》の袖」という句が原因だったのです。なぜならば、これは二人にとって忘れられない、いや忘れてはいけない宝石のような言葉だったから……。

怒りを溶かした架《か》け橋

十月のある夜のことでした。時雨《しぐれ》がぱらつき、月には雲がかかり、すべての景色がまるであつらえたように二人をくるんでいました。二人はこのはかなくも美しい夜に歌を詠み合ったのです。今、「詠み合った」と言いましたが、これは正確ではありません。宮の方が「手枕《たまくら》の袖」という言葉を使って歌を詠んだのです。ところが、和泉は恋の苦しみのなかにあり、孤独の底に沈み返事ができなかったのです。そして、ただただ恋の涙にむせぶばかりだったのでした。

この時、和泉は約束したのです。今、自分が返事をすることができなかった「手枕《たまくら》の袖」という言葉を決して忘れないと……。その後、この「手枕の袖」が、二人のやるせなく甘いキーワードになったのでした。だから、余計に宮はこだわったのです。この二人の思い出の言葉をどちらが先に使うのか。二人の愛の証《あかし》であり、すべてを溶かすような熱い言葉だったから。宮はこの「手枕の袖」を先に詠まれてしまった手紙を見て、心をかき乱され、自尊心を深く傷つけられてしまいました。この後も宮のいらだちの炎は、なかなか消えることがありません。

宮は、不機嫌なご様子で、いったい今まで何をしていたのか、と取り次ぎの人（宮と童の取り次ぎ）にお聞きになります。取り次ぎの人は「お前が早く来ないから。ひどく責めていらっしゃるようだぞ」と言って手紙を取らせます。小舎人《こどねり》童《わらわ》はこの手紙（宮の上句だけが入っている）を運んで「まだこちら（和泉の方）から手紙をお届けする前に、宮様からお呼びがあったのに、私が行かれなかったものですから……、『今まで来ないとは何事だ』と叱られてしまいました」と言いながら、宮からのお手紙を取り出したのです。

御気色《おほんけしき》あしうて問《と》はせたれば、「とく参《まゐ》らで。いみじうさいなむめり」とて取《と》らせたれば、もて行《ゆ》きて、「まだこれより聞《き》こえさせ給《たま》はざりけるさきに召《め》しけるを、今《いま》まで参《まゐ》らず、とてさいなむ」とて、御文《おほんふみと》取り出《い》でたり。（同）

宮は不機嫌の虜《とりこ》となってしまいました。自分の方は、和泉の手紙が来る前に小舎人童を呼んでいたのに……。いつもは有能な小舎人童ですが（第二章参照）、ここでは、珍しく失敗をしたのです。

宮の怒りの矛先《ほこさき》は、当然のことながら小舎人童に向かいます。でも、この小舎人童の情報で、和泉の方は知ったのです。宮から先に手紙が出されていたことを。和泉の心は手紙が先に出されたことがわかった瞬間、一気に空が晴れるように、うれしい色に塗り替えられました。そして、責められてがっかりしている童を見てかわいそうになり、童の遅刻を許すように手紙と歌を書きました。

それでも、宮のいらだちと不満は募るばかりでした。「手枕の袖」を先に詠まれたことがどうしても許せなかったのです。なぜならば、童が来る前に宮が送った手紙、すでに和泉に出されていた手紙は次のようなものだったから……。


「昨夜の月はすばらしかったね」とあって、

「この間、一緒に寝ながら見た月。その月と同じような美しい月をあなたは今夜もまた見ているかな、と思って寝ないで今朝は待っていたのに。それなのに、手紙をくれる人も全然いない……」


「昨夜《よべ》の月《つき》は、いみじかりしものかな」とて、

「寝《ね》ぬる夜《よ》の月《つき》は見《み》るやと今朝《けさ》はしもおき居《ゐ》て待《ま》てど問《と》ふ人《ひと》もなし」

（同）


宮の手紙は「手枕《たまくら》の袖」の夜、二人で一緒に見た月を詠んだだけで、「手枕の袖」そのものを詠んではいなかったのです。宮のいらだちは二重になりました。童が遅刻してきたこと、そして自分が「手枕の袖」を詠み込んでいなかったこと。宮の方は詠み込むのを忘れていたのです。二人の思い出の言葉を……。

そこで先を越された和泉に対して、宮は、居ても立ってもいられないほどの悔しい思いを抱いたのです。この宮の気持ちを和泉はすぐに察することができました。だから童の遅刻を許してあげて欲しい、と宮をなだめようとしたのです。それでも宮は、一旦《いったん》火がついた屈辱からなかなか立ち直れません。

今朝、あなたの方が勝ち誇ったようにしていらっしゃるのが、ひどく悔しい。この童のことを殺してしまいたい、とまで思うのだ。（同）

今朝《けさ》したり顔《がほ》におぼしたりつるも、いとねたし。この童《わらは》、殺《ころ》してばや、とまでなん。

歌とともに届いた手紙、そこには、宮のすさまじいまでの悔しさが燃え上がっていました。ここで宮は童のことを「殺す」とまでののしっているのです。当時「殺す」という単語は、あまりにも荒く猛々《たけだけ》しいイメージなので、使われることがありませんでした。それを使うということは、童の手抜かりを許せない怒りと、「手枕の袖」を先に詠まれたことに対する屈辱が、並大抵ではないことをあらわしています。

何不自由なく育ち、それだけに自尊心の高い宮は、なかなか自分のなかの傷をおさめることができません。すさまじいまでに、宮の怒りが激しく鳴り響いている手紙。この、あまりにもあからさまな激怒の手紙を見て、和泉はびっくりしました。そして、すぐに返事を書きます。

「お殺しになるおつもりだなんて」と書いて、

「あなたはなかなか来られないで、たまに手紙を持ってくるこの童。この童を生かしておいて、『手紙を持って行け』と今はもう、おっしゃらないおつもりですか」

と書いて申し上げたら……。　（同）

「殺《ころ》させ給《たま》ふべかなるこそ」とて、

「君《きみ》は来《こ》ずたまたま見《み》ゆる童《わらは》をばいけとも今《いま》は言《い》はじと思《おも》ふか」

と聞《き》こえさせたれば……。

「たまに手紙を持ってくる」というところは宮に対する皮肉。ただし、この歌のポイントは「いけ」の掛詞《かけことば》——童のことを「生かしておいて」、「行け」とおっしゃらないおつもりなのですか——というところです。童がいなくなったら、二人の絆《きずな》が断ち切られてしまう……。童は二人の思いを運ぶ絆。凍りそうな恋のつらさも、とろけるような恋のうれしさも運ぶことができるのは、文使いがいたからこそです。

掛詞は一つだけで、特に技巧的な歌ではないけれど、童をかばおうとする和泉のせつない、そして強い思いやりが、この歌にはあふれています。

「もっともです。今はもう、この童を殺したりなんかしません。忍びの妻のあなたがおっしゃるとおり」

ところで、「手枕《たまくら》の袖」のことはお忘れになったようですね。　（同）

「ことわりや今《いま》は殺《ころ》さじこの童《わらは》忍《しの》びのつまの言《い》ふことにより」

手枕《たまくら》の袖《そで》は、忘《わす》れ給《たま》ひにけるなめりかし。

宮はすっかり機嫌を直しました。そして今度は宮の方が「手枕の袖」の反撃をします。当初、和泉の手紙、そのなかに「手枕の袖」が詠み込まれていたことを決して忘れてはいなかったのです。すれ違いによって、このフレーズを先に使われてしまったことに対する、宮のたぎるような憤怒は計り知れないほどでした。でも、ここで宮は逆襲を成し遂げたのです。この後、燃えるような恋が刻み込まれた「手枕の袖」を使って、二人とも歌を詠み合うことができたのです。

本来だったら、手紙のすれ違いから起こった話は誤解を生んで、そのまま二人の仲が雲のように切れてしまいがちです。連絡の齟齬《そご》ですから、喧嘩《けんか》のまま終わっても仕方ありません。ただし、『和泉式部日記』のなかでは、特に後半になるにしたがって、この「食い違い」や「ずれ」があっても、それを乗り越えてしまうことが多いのです。暗い誤解がそのまま凍ってしまうことなく、太陽のように熱く燃えた日差しに包まれるのです。まるで二人の絆を強めるために、わざと時間が邪魔をしたように……。

この『和泉式部日記』のように、手紙が、すれ違った時を乗り越えて、新たな恋の世界へとうるわしくも美しい架け橋を作っていくこともあったのです。

中年からの恋

今見たように、急いで手紙を出さなくてはいけない時に、山のように立ちはだかっているのは時間という魔物です。先の『和泉式部日記』では、この魔物を乗り越えて、逆に二人のほころびをしっかりと縫い直すことができました。ただし、通常は時間差で生じたほころびが徐々に大きくなり、修復不可能になる場合が多いのです。『和泉式部日記』の場合は、信じ合っている恋人どうし。だから時の障害を乗り越え

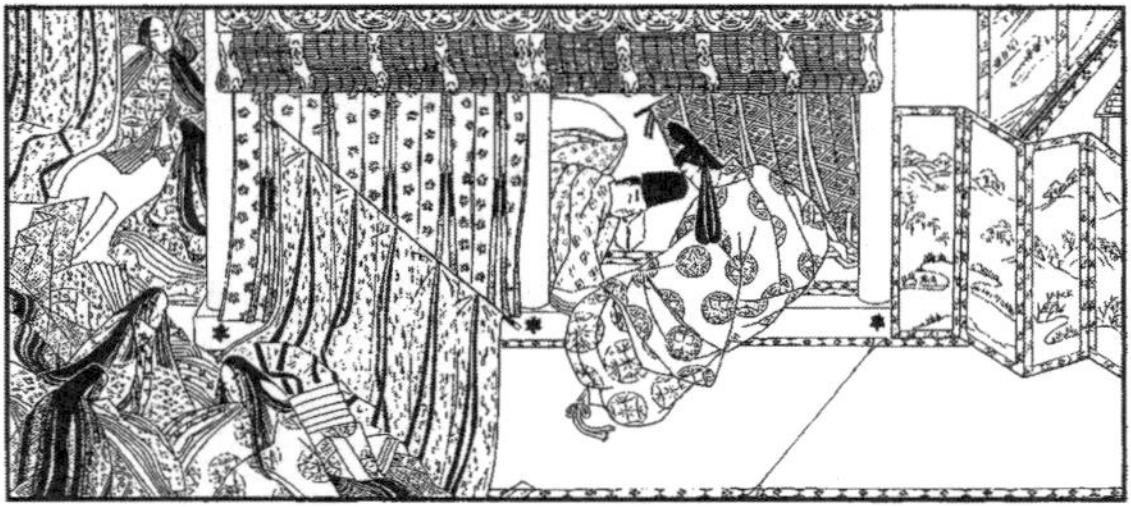

夕霧が柏木を見舞う（『源氏物語絵巻』柏木二）

ることができました。ところが、気心の知れない他人の場合は、根底に流れている信頼感が違うのです。一刻の猶予も許されない時に、この目に見えない、それでいて接着剤のように強い心の結びつきがなかった場合はどうなるのでしょうか。

時の障害が克服できず、手紙が火山の噴火のようにさまざまな人の心を壊してしまうかもしれません。また、取り返しのつかない事態を生み出してしまうかもしれません。

今度は、そのような破滅を時間と手紙が運んでしまったお話です。

主人公は夕霧《ゆうぎり》と落葉宮《おちばのみや》です。夕霧は光源氏の息子。彼は律儀な、そしてまじめな性格でした。こんな男性が中年になって恋の闇に、出口の見えない恋の闇に迷ってしまうのです。その相手は落葉宮でした。落葉宮は夕霧の親友、柏木《かしわぎ》の妻。柏木は光源氏の正妻女三宮《おんなさんのみや》をやみくもに追い続け、不毛の愛に身を捧げた男性

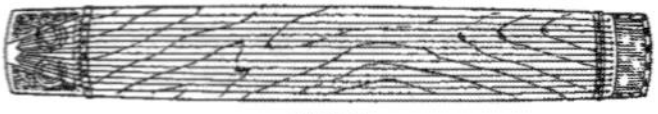

箏《そうのこと》

です。柏木は女三宮の代わりに姉である落葉宮（女二宮）を妻にしていました。でも、柏木の心から女三宮が消えることはありません。ついに、女三宮と柏木の間には不義の子薫《かおる》が生まれてしまったのでした。

柏木は自分の罪が光源氏に知られたころから、ひたすら光源氏の復讐におびえ続け、徐々に心と身体が蝕《むしば》まれていきます。光源氏の止むことのない侮辱と報復によって、蠟燭《ろうそく》の炎が細くなるように、だんだんと生命の炎が消えようとしていました。

柏木は死の床で、最後の力を振り絞って親友の夕霧に二つのことを依頼したのです。一つは源氏の怒りを解いて欲しい、ということでした。夕霧はその原因をはっきりとはつかめませんでした。ただつかめないながらも、女三宮が関わっていることを漠然と想像します。また、もう一つの願いは、落葉宮の世話でした。自分がいなくなった後、取り残されてしまう未亡人落葉宮、かわいそうな彼女の後見役を夕霧に頼んだのです。

夕霧は親友柏木の遺言を守るため、落葉宮と母の一条御息所《いちじょうみやすんどころ》が住んでいる一条の邸に通うようになりました。最初のうちは、御息所と柏木の思い出を語り合っていました。

ところで、この御息所は、朱雀院《すざくいん》の更衣《こうい》（天皇の妻、ただし女御《にょうご》より低い立場）だったのです。最初は亡き柏木と落葉宮の結婚を望んではいませんでした。なぜなら、皇女が天皇家以外の人と結婚すること（臣籍降嫁《しんせきこうか》）はよくない、と考えていたからです。落葉宮《おちばのみや》は朱雀院の娘なので、れっきとした皇女でした。

それはさておき、この後夕霧《ゆうぎり》は、御息所《みやすんどころ》の娘、落葉宮に惹《ひ》かれるようになります。そして、深い霧に包まれたような恋の世界、行き先の見えない恋の世界に迷い込んでしまうのです。

柏木《かしわぎ》の一周忌も過ぎた、ある秋の夕暮れ。夕霧《ゆうぎり》は落葉宮《おちばのみや》の邸を訪問します。落葉宮の邸からは、琴の音がしめやかに響き渡ってきました。例によって御息所《みやすんどころ》と夕霧は、今は亡き柏木の思い出話を交わしていました。庭では草花や虫の声が、秋の日暮れをしっとりと包みこんでいます。

夕霧と御息所とのやりとりの後、落葉宮はほのかに箏《そうのこと》（十三絃。今の琴と同じ）を搔《か》き鳴らします。夕霧はこの琴の音に心を奪われ、自分の方は琵琶《びわ》を取り寄せて想《そう》夫恋《ふれん》（雅楽の曲名。夫を思って慕う曲）を弾きました。落葉宮はその曲の終わりの方を、風が渡る音のようにそっと弾くのでした。

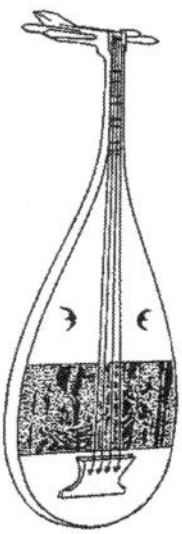

琵琶《びわ》

折から秋の月が光を放ち、澄み切った空には、雁《かり》が夫婦のように、羽をうち交わして飛び渡っています。やるせない秋の景色のなかで、想夫恋の音色があわれに、そしてわななくように響き渡ります。夕霧はすっかりこの邸のたたずまいに、そして未亡人の落葉宮に心を奪われてしまったのでした。

一方、夕霧の邸では、幼馴染《おさななじ》みの雲居雁《くもいのかり》が妻として君臨していました。雲居雁は夕霧との間に子どもが七人（八人という説もあり）もいて、今や母親としての世界に埋没していました。使い古された衣のような古妻と子どものわめき声が響き渡る家。そんなやかましい家とは比較にならないくらい、しっとりと品格のある落葉宮の邸。夕霧は、この落葉宮のいる世界に、日常生活とは全く違う世界に、坂道をころがるようにのめりこんでいくのでした。

危ない一夜

そしてその後、病気がちの御息所は、小野《おの》（比叡山の西麓一帯）に移り住むようになったのです。もちろん落葉宮も一緒です。ここでは物の怪《もののけ》（死霊・生霊などの祟《たた》り。当時病は物の怪が原因だと思われていた）の調伏《ちょうぶく》（怨霊退治）に律師《りっし》（僧正《そうじょう》・僧都《そうず》に次ぐ僧官《そうかん》）が呼ばれました。

夕霧は一生懸命に御息所たちに尽くしました。僧の衣の世話までしたのです。具合の悪くなった御息所に代わって、落葉宮が直接夕霧にお礼の手紙を書きました。自筆の手紙を見た夕霧はますます落葉宮を忘れられなくなっていきます。夕霧の世界は、落葉宮中心に回り始めたのです。

　そんな八月の中ごろ、さっそく夕霧は、御息所のお見舞いに、さびしい優雅さと霧に包まれた小野の山荘へと出かけて行きます。当然、病に臥《ふ》せっている御息所とは直接対面ができません。そこで落葉宮のいる所に赴《おもむ》きました。侍女《じじょ》たち（主人の世話をする女性たち）は病気の御息所のもとに集まり、落葉宮《おちばのみや》の所には人が少なかったのです。夕霧《ゆうぎり》は今までの募る思いに我慢ができなくなり、落葉宮に接近を図ります。そして、とうとう伝言を取り持つ侍女の後について、御簾《みす》（竹製のブラインド）のなかに入ってしまいました。

　謹厳実直な夕霧《ゆうぎり》は変貌を遂げました。単に恋におぼれる男性となって、思いの丈《たけ》を述べ続けたのです。夕霧は父の光源氏と違い、相手の気持ちをさりげなく揺らしたり、言葉巧みに相手を操《あやつ》る術《すべ》を持ち合わせてはいなかったのです。恋の病に取り憑《つ》かれた夕霧は、一方的に、はやる自分の思いを押しつけようとしたのです。この無慈悲な行動は落葉宮《おちばのみや》をおびえさせ、二人の間には壁のような霧が立ち込め、その厚い霧は夕霧の恋を遮《さえぎ》ってしまったのです。

　とうとう何もなすことなく、夕霧は帰って行きました。ただし、何もなかったにしろ、朝帰りには違いありません。落葉宮は、このことが誇り高い母に知られてしまうことをひたすら恐れています。

ところが、この落葉宮が最も恐れていたことが起きてしまいました。病の治癒《ちゆ》のために来ていたさきほどの律師が目撃していたのです。見めうるわしい男性が、落葉宮のもとから出て行ったところを……。そして、他の法師たちがその男性を夕霧だと言っていたことまで、こともあろうに御息所《みやすんどころ》に伝えてしまうのです。

御息所は前にもお話ししたように、落葉宮が皇女であることに誇りを持っていました。皇女の気高さと品格を娘に期待し、またそのように育ててきたのです。その娘がよりによって、亡き夫の親友と関係を持ってしまう。御息所は、娘に襲いかかるであろう噂と冷笑と侮蔑を想像して、身を切られるような思いにさいなまれます。

親子は対面をするのですが、おとなしく口数が少ない落葉宮は、はっきりと「潔白」を母に伝えることができません。そして親子は、お互いを気づかい続けてばかりいて、なかなか心を開くことができないでいました。

ちょうどその時、夕霧から手紙が、手紙だけが届きました。当時は、男性が女性の家に三日間続けて通えば結婚が成立したのです。ところが、到着したのは手紙だけ。御息所は夕霧が来るものとばかり信じていました。御息所は、「二人が結ばれている」という誤解から抜け出すことができないままだったのです。御息所は、この手紙を自分の目で見ました。がしかし、手紙を見たものの、夕霧の手紙は当然のことですが、落葉宮のつれなさを責めているだけでした。二人の仲を誤解している御息所は、胸が張り裂けんばかりになりました。皇女としての娘が、こともあろうに二人目の男性に逢いながらむざむざと捨てられてしまう、と思い込んだのです。御息所の胸をかきむしられるような苦しみは、つむじ風のように彼女の身体を駆けめぐりました。それでなくとも病に冒されている御息所の心と身体を、この手紙は、砂山が崩れるように壊し続けました。

それでも、病と恥辱を背負いつつ必死に彼女は夕霧に手紙を書きました。最後の力を振り絞って……。

続く病に力もなく、筆跡はまるで鳥の足跡のように乱れ散っていました。

「もう命がはかなくなりそうな私を宮様（落葉宮）がお見舞い下さった時なので、お返事をするようにお勧めしたのですが、ひどくご気分が悪いようなご様子でしたので、見るに見かねて、

『おみなえしの泣きしおれているこの野辺。あなたはいったいどのようなおつもりで、一夜の宿に、たった一夜の宿にここをお借りになったのでしょう』」

とだけ書いたまま、捻《ひね》り文にして御簾《みす》の外にお出しになり、その後、横におなりになってひどくお苦しみになるのです。

（『源氏物語』「夕霧《ゆうぎり》」）

「頼《たの》もしげなくなりにて侍《はべ》るとぶらひに、渡《わた》り給《たま》へる折《を》りにて、そそのかし聞《きこ》ゆれど、いとはれればれしからぬさまにものし給《たま》ふめれば、見《み》給《たま》へわづらひてなむ、

『をみなへししをるる野辺《のべ》をいづことて一夜《ひとよ》ばかりの宿《やど》を借《か》りけむ』

とただ書《か》きさして、おしひねりて出《い》だし給《たま》ひて、臥《ふ》し給《たま》ひぬるままに、いといたく苦《くる》しがり給《たま》ふ。

御息所の歌では、落葉宮の泣き濡れている姿がおみなえしと重なり、まるで落葉宮が涙に打たれ、しおれているようです。そもそもこの手紙で、御息所は確かめたかったのです。夕霧の気持ちが、たった一晩だけのつもりかどうかを……。

通常だったら、このような男性の意図をさぐるような歌は出さないはずの気高い御息所。でも、更衣《こうい》の威厳をかなぐり捨てて、すべてを夕霧に賭けたのです。御息所は考えました。もうこうなったら、何としても夕霧をつなぎとめておくしかない、そして、娘を捨てられたという汚名からせめて救い出したいと。だから、息も絶え絶えになりながら、母親としての思いを賭けて、命がけの手紙を書いたのでした。

手紙を奪おうとする雲居雁（『源氏物語絵巻』夕霧）

時間から裏切られた手紙

一方、夕霧はいつもの自邸、雲居雁《くもいのかり》がいる家へと戻って来ています。夕霧は御息所の必死な思いとは全く逆のことを考えていました。何もないいま自分がのこのこと小野に出かけて行ったら、何かあったようで外聞が悪いだろうと……。

宵が過ぎるころ、夕霧邸に御息所の手紙が到着しました。ところが、夕霧がこの手紙を見ようとしている時に大変なことが起きてしまったのです。

女君（雲居雁《くもいのかり》）は何かを隔てていたようだけれども、すばやく見つけられて、這い寄って、後ろから手紙を取り上げてしまわれたのです。（同）

女君《をんなぎみ》、もの隔《へだ》てたるやうなれど、いととく見《み》つけ給《たま》うて、はひ寄《よ》りて、御《おほん》うしろより取《と》り給《たま》うつ。

昨夜の外泊を疑っている雲居雁《くもいのかり》は、夕霧がこの手紙を見ようとしているのを、目ざとく見つけてしまいました。そして、そっと後ろからこの御息所の手紙を奪い取ってしまったのです。夕霧の浮気に怒っている雲居雁は、この手紙を隠してしまいました。夕霧は、雲居雁が寝ている間も必死になってこの奪われた手紙を捜しますが、なかなか出てきません。そのうち、夜が明けてしまいました。

次の日の昼間、困り果てた夕霧は雲居雁にさりげなく手紙の内容を聞き出そうとしました。でも、雲居雁の答えはありません。――とうとう日が暮れてしまいました。手紙はたっぷりと一日隠されたままで見つかりません。まるで霧のなかをさまよっているように……。

そのようななかで、夕霧は御息所《みやすんどころ》の手紙の内容を見ないまま、仕方なく返事を書こうと墨を磨っていました。ふとその時、褥《しとね》（座蒲団）がふくらんでいる所が目に入ったのです。昨夜捜した時には見つからなかった手紙が、ようやく、やっと見つかったのです。

夕霧は、手紙を見て心の底から驚きました。渦巻く誤解という波にのまれている御息所。さすがに、御息所の痛ましい思いにびっくりして、あわてて夕霧は手紙の返事を書きました。手紙だけを……。
几帳面《きちょうめん》で律儀な夕霧は、その日が吉日でなかったため、小野には行かなかったのです。

暗闇を生み出した手紙

いつまで経っても来ない返事に、御息所の心はだんだんと雪崩《なだれ》のように壊れていきました。一旦《いったん》、意識がなくなりかけたころ、ようやく夕霧からの返事が届きます。瀕《ひん》死《し》の床で、御息所はまたしても来訪がないことに愕然《がくぜん》とし、その刹那《せつな》、琴の糸が鋭い刃物で断たれたように、御息所の心は断ち切れてしまいました。もう、何もかもが遅いのです。

とうとう苦悩と誤解を錘《おもり》のように背負ったまま、御息所はあの世に身をゆだねてしまったのです。遅すぎた手紙が、取り返しのつかない闇、人の命を奪う真っ暗な闇を生み出してしまいました。

落葉宮は御息所の冷たくなった亡骸《なきがら》にしがみついて離れようとしませんでした。そして、いつも自分を心配してくれた母親、もう話すことも笑うこともできなくなった母親にすが

落葉宮略系図

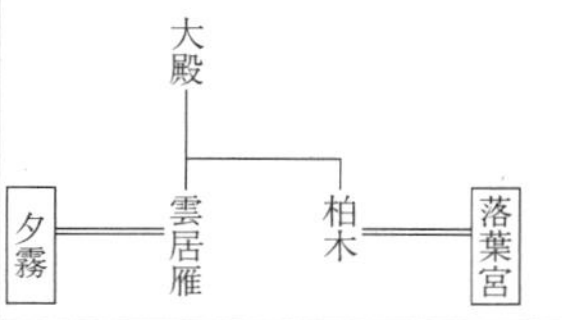

りついたままでした。いつまでも、いつまでも……。

このように、霧のなかを飛び交う手紙は亀裂を作り続け、目を覆いたくなるような結末を、無惨な結末を運んでしまったのです。得体の知れない陰鬱《いんうつ》な霧が時間を遮《さえぎ》ってしまうように、時間に裏切られ、連絡を寸断された手紙たちが、小野と都を飛び交いました。悲しみに閉ざされた、晴れることのない世界のなかを……。

――母亡き後、落葉宮《おちばのみや》には誰も頼る人がいなくなりました。父の朱雀院《すざくいん》は自分も女《おんな》三宮《さんのみや》も出家をしているので、落葉宮の出家を認めてくれません。もちろん、亡き夫の一族には、顔向けができません。なぜなら柏木《かしわぎ》の妹が雲居雁《くもいのかり》だったから。柏木の父親から見ると、落葉宮は信じがたいことをしでかした女性です。自分の息子（柏木）の嫁（落葉宮）が、息子亡き後、今度は自分の娘（雲居雁）の婿（夕霧）と噂になったのですから……。

ついに、落葉宮は夕霧に頼らざるを得ませんでした。後見がないと生きていけない女性の不幸。それが、霧のなかにうごめく手紙たちによってもたらされた、あまりにもむごい結末だったのです。

その後、まじめな夕霧は一月《ひとつき》を十五日ずつ分けて、雲居雁と落葉宮のもとに通って行くのでした。

時間を飛ぶ手紙たち

このように、手紙は、常に時を背負って生きていました。迅速《じんそく》に文字と心を伝える手紙は、ほんの一瞬のすれ違いのドラマを生み出しました。少しでも速く届けたい、そのようなせつない思いをのせて、空間を飛び交っていた手紙たち。でも、それがうまくいかないと、もつれた糸がもとに戻らないように、混乱と危険を編み出してしまうのでした。時間による手紙の食い違い、それは今までお話ししたように、現実世界の闇――誤解や疑い――を生み出しました。

ただし、手紙は目の前の時間ばかりを超えていくわけではありません。ある時は、過去の思いや事実を目の前に運ぶこともできたのです。たとえば、昔の手紙やメールを見て愕然《がくぜん》とすることがしばしばありますね。この古い手紙、昔の手紙はいったいどのような時間を連れて「今」という現在に飛んでくるのでしょうか。

その時の折《おり》にふさわしかった、心を動かされた人からの手紙を、雨など降ってぼんやりしている日にさがし出した時。

（『枕草子』二一七段）

をりからあはれなりし人《ひと》の文《ふみ》、雨《あめ》など降《ふ》りつれづれなる日《ひ》、さがし出《い》でたる。

これは、「過ぎ去った昔が恋しくなるもの」（「過ぎにしかた恋しきもの」）にあげられている手紙です。貰った時の手紙の姿に、その時の季節や天候、そして心がしみじみと映し出されていたのです。この手紙は「折」（状況）にかなっていたのですね。天気と心と言葉がしっとりと絡み合い、きっと受け取った人の心を揺り動かしたのでしょう。

そんな昔の手紙を、雨などがしとしとと降っている、することもなくやるせない時に見つけると、忘れてしまった過去がぼんやりと目の前に浮かんできます。その時の季節、なつかしい相手の姿、そして自分の気持ち……。次から次へと、数々の思い出がたった一通の手紙から、糸のように手繰り寄せられます。そして、目の前にある一通の手紙から、時間が一気に昔の世界へとさかのぼっていくのです。もう二度と戻れない過去に……。

このように、時を超えて飛んでくる手紙は、その羽ばたきとともに時間以外のさまざまなものを運んできました。たとえば、運ばれてきたものがしんみりとした思い出の場合は、まさしく「過ぎ去った昔が恋しくなるもの」となります。ただし、この昔の手紙が、現在を一変させてしまうような手紙の場合もありました。過去の知らなか

大君と中君を垣間見る薫（『源氏物語絵巻』橋姫）

った秘密、それが手紙の姿となって重たい時間の扉をいきなり開けてしまうこともあったのです。

不思議な老女

『源氏物語』の「宇治十帖《うじじゆうじよう》」に出てくる薫《かおる》。彼については、以前にその出生の秘密についてお話ししましたね（第一章参照）。

薫は光源氏と女三宮《おんなさんのみや》の子どもとして育てられていました。でも、小さい時から晴れることのない靄《もや》のような出生の疑問という闇を抱えています。その靄があるために、薫はすべてに積極的になれなかったのです。目の前を覆う靄で、最初の一歩がどうしても踏み出せないように……。

薫はそのまま成長し、この自分でもどうしようもない闇、靄に閉ざされた闇から、仏道の世界へと惹《ひ》かれていったのです。そこで出会ったのが宇治の八宮《はちのみや》でした。八宮には大君《おおいぎみ》、中君《なかのきみ》という女の子がいました。宇治に通い出して三年目、薫はついにこの姉妹の姿を見てしまうことになるのです。姉妹は晩秋の月の光のなかで、しっとりと箏《そうのこと》と琵琶《びわ》を演奏していました。薫はこの姉妹の可憐で美しい様子に目を奪われてしまいます。

父の八宮は山寺に籠《こも》っていて、留守でした。そのうえ、宇治の荒れた邸では気の利いた若い侍女たちもいません。そこで、困り果てた大君が薫と少し話をするのです。

そこへ奥から老女が登場してきました。図々しいけれど、何となく応対に物慣れた様子です。ところが、突如この老女は、泣き出してしまいました。その涙は後から後から流れ続け、身体もわなわなと震えています。

老女は、なぜか薫の母 女三宮《おんなさんのみや》の乳母子《めのとご》であった小侍従《こじじゅう》という人と柏木《かしわぎ》の話をしました。そしてまた、自分が柏木の乳母子であったことも……。当時、貴族の子どもは、産んだ母親が直接乳を与えず、乳母という役割の女性がいたのです。そして、乳母には自分の子どももいました。つまり、同じ乳で育ったので、貴族の子どもと乳母の子どもは乳兄弟《ちきょうだい》ということになります。この二人はとても仲がよく、つながりも深かったのでした。

さて、この老女は、弁《べん》の君《きみ》といいました。女三宮《おんなさんのみや》の乳母子小侍従と柏木の乳母子弁の君。この二人の乳母子は、通常よりも強く結びついていました。なぜなら、それぞれの母親（柏木の乳母、女三宮の乳母）が姉妹だったから（次頁系図参照）。

実はこの二人の乳母子が、柏木と女三宮の手紙のやりとりに一役買っていたのです。誰にも知られてはいけない禁断の恋。それを取り持っていたのが、弁の君（柏木側）、小侍従（女三宮側）といった乳母子たちだったのです。雲に隠すように、罪を背負った恋をひっそりと守ってきた乳母子たち。

でも、ここで弁の君は、ほのめかす程度で最後まで語りませんでした。なぜなら、もしも薫が何も知らなければ――自分は完全に光源氏の子どもだと思っていたとしたら――。この重たい、そして薫にとっては過酷な話をあえてする必要もないのです。何も知らない人に、そして知りたいとも思っていない人に、いきなり心臓を貫くような矢を放つことはできません。だからここで弁の君は、柏木からの遺言があるということ、そして何か伝えたいことがある、というところで一旦話を打ち切りました。

薫の方は、すぐさま悟りました。この老女は秘密の鍵を握っている、そして長年の間自分のなかに積もり積もった靄《もや》、自分の存在まで曇らせてしまうこの靄が晴れるかもしれないと……。

そこで、薫はこの不思議な老女と再会を約束しつつ、心を残しながら、霧に包まれてどんよりとした宇治を去って行くのでした。

乳母たち略系図

弁の母（柏木の乳母）――弁の君
侍従（女三宮の乳母）――小侍従

手紙と命の炎

季節が初冬になったころ、薫は宇治へと出かけて行きます。前回と違い、今度は八《はち》宮《のみや》が在宅していました。宇治は、冬の吹きすさぶ風に木の葉が散り乱れ、激しい音を立てています。また、宇治川もすさまじい波の響きを叫び声のようにあげています。この荒れ狂った冬の景色のなかで、薫《かおる》は激しく波打つような予感を抱きつつ、出生の秘密を聞くことになるのです。今まで何か変だとうすうす感づいてはいたけれど、はっきりとはわからなかった靄《もや》のような秘密を……。

八宮《はちのみや》が夜明けの勤行《ごんぎょう》のため仏間に入りました。その折、薫は例の老女を呼び出しました。弁《べん》の君《きみ》は、柏木《かしわぎ》の身を引き裂くような罪の苦しみ、そして死という破滅へと向かっていく姿を話しながら、泣き続けます。もはや、薫は自分の実父が柏木だと確信します。そして薫も、実父の壮絶な最期を聞きながら、こぼれ続ける涙を止めることができません。

その後、薫はつとめて平然とした顔で、この秘密が他に漏れていないかどうかを弁の君に確かめました。弁の君は、小侍従《こじじゅう》と自分だけしか知らないことを伝えました。薫は実父の柏木はもとより、母の女三宮《おんなさんのみや》を守ろうとしたのです。母の罪は誰も知らない、いや知らせてはいけないことでした。若いころから尼姿だった母、幼く頼りなげな母を守るのは、光源氏亡き後、もう薫しかいないのです。

弁の君は柏木の遺品を取り出しました。そして薫が生まれた時のことを詳しく語り、そこから自分の昔語りを始めたのです。柏木亡き後、柏木の乳母《めのと》であった母も亡くなったこと、自分はある人と結婚して九州に行ったこと、そして夫が亡くなったので戻ってきたこと、だから小侍従《こじじゅう》が亡くなったことすら知らなかったこと……。

薫は、母の乳母子《めのとご》小侍従が亡くなったことを、うっすらと覚えていました。小侍従は薫が五歳か六歳のころに胸を患って亡くなっていたのです。そして、薫は弁の君から、父の最後の命が脈打っている遺品を受け取りました。それは手紙類だったのです。古い手紙が小さく小さく固めたように巻き合わせてありました。それは黴《かび》の臭いを漂わせ、袋に縫い合わせてあったのです。

「私はもう生きていられそうもない」という父の言葉とともに残された形見は手紙でした。二十年以上の歳月（薫は現在二十二歳）を超えて、弁の君と一緒に九州まで旅した手紙たち。この父の執念の書簡は、当初、薫の母、禁断の恋の相手であった女三宮へと手渡されるはずでした。

浮線綾《ふせんりょう》

薫は都に戻ってから、すぐさま父の遺品を取り出しました。

京に戻られて、まず、この袋を開けてご覧になると、中国製の浮線綾《ふせんりよう》で縫った袋に、「上」という文字が表に書いてありました。細い紐で口を結んだ所には、あの人（柏木）のお名前の封印がついていました。薫は、開けるのもおそろしく思われたのです。

（『源氏物語』「橋姫《はしひめ》」）

帰《かへ》り給《たま》ひて、まづ、この袋《ふくろ》を見《み》給《たま》へば、唐《から》の浮線綾《ふせんりよう》を縫《ぬ》ひて、上《じやう》といふ文字《もじ》を上《うへ》に書きたり。細《ほそ》き組《くみ》して口《くち》の方《かた》を結《ゆ》ひたるに、かの御名《おほんな》の封《ふう》つきたり。あくるも恐《おそ》ろしう覚《おぼ》え給《たま》ふ。

誰も知らない、暗く重たい罪がこっそりと包まれている袋、それは唐の浮線綾《ふせんりよう》で作られたものでした。浮線綾というのは、豪奢《ごうしや》な織り方で、タテ糸にヨコ糸をからませないで、模様が浮き上がって見える織り方です。もともとは中国から日本に渡ってきた織物といわれています。袋の表には、「上」という文字が書かれ、組《く》み紐《ひも》で結ばれた袋の口には柏木自身の封印がついていました。この封印を、恐れおののきながら薫は開けたのです。二十年以上も前、自分が生まれたころにつけられた亡父の封印を……。

海の底に沈み続けていたような暗い秘密、それをくるみ続けていた袋には手紙が二種類入っていました。一つはさまざまな色の手紙で恋文とわかるもの。それは薫の母、女三宮からの返事でした。この種の手紙が五つ六つ入っていたのです。あと、もう一種類は、亡父の最後の手紙、命の終わりに紡ぎ出された言葉が刻みつけられた手紙だったのです。

他にはあの人（柏木）の御筆跡で、病は重くもう命が消える寸前なので、ほんの短い手紙すら二度とさしあげられそうもなく、それでも逢いたい気持ちは募るばかり。お姿も尼姿に変わられたようで、もうすべて、なにもかもが悲しい、といったことを陸奥紙《みちのくがみ》五、六枚にぽつぽつと奇妙な鳥の足跡のように書いてあって、

「つらいこの世を目の当たりにして、尼になったあなた。そのあなたよりも、たった一人でこの世を去っていく私の魂の方が、ずっとずっと悲しい」

と書かれ、また端の方に、

「めでたくお生まれになったとうかがった幼子も、心配なことは何もございませんが、

『私の命があったならば、よそからそっと「あれが我が子だ」と見ることもできるでしょうに……。誰も知らない岩根に残した松、その松がすくすくと育っていくのを見るように』」

としたためられていました。まるで書くのを途中で止めたように、ひどく文字は

乱れ、表には「小侍従の君に」と書きつけてあるのでした。

さては、かの御手《おほんて》にて、病《やまひ》は重《おも》く限《かぎ》りになりにたるに、またほのかにも聞《き》こえむことかたくなりぬるを、ゆかしう思《おも》ふことは添《そ》ひにたり。御《おほん》かたちも変《か》はりておはしますらむが、さまざま悲《かな》しきことを、陸奥紙《みちのくがみ》五、六枚《ろくまい》に、つぶつぶとあやしき鳥《とり》の跡《あと》のやうに書《か》きて、

「目《め》の前《まへ》にこの世《よ》をそむく君《きみ》よりもよそに別《わか》るる魂《たま》ぞ悲《かな》しき」

またはしに、「珍《めづら》しく聞《き》き侍《はべ》るふたばのほども、うしろめたう思《おも》う給《たま》ふるかたはなけれど、

『命《いのち》あらばそれとも見《み》まし人《ひと》知れぬ岩根《いはね》にとめし松《まつ》のおひすゑ』

書《か》きさしたるやうに、いと乱《みだ》りがはしうて、「小侍従《こじじゆう》の君《きみ》に」と上《うへ》には書《か》きつけたり。（同）

病に力もなくなり、筆跡は鳥の足跡のように一字一字離れ、ぽつぽつと書かれた手紙。病に冒され、命の炎がかき消される直前に書かれた実父の絶筆です。手紙には、堰《せ》き止められても堰き止められても、激しく渦巻く波のような恋の思いが記されていました。そして、この世を去っていくことが、やりきれないまでに歌われていたので

す。禁断の恋は、最後までしぶきをあげながら流れ続けていたのでした。

そして、端には、光源氏と女三宮の子として育っていく我が子に対する身を裂くような思いが刻まれていました。世間的な両親は光源氏と女三宮。だから心配はなかったのです。でも、死という濁流に呑《の》み込まれるその寸前まで、父は、生まれた我が子——我が子と呼べない我が子——をずっとずっと見守っていたいと心の底から願っていたのでした。世の中の誰よりも……。

手紙は力尽きたようにここで終わっていました。でも、その文字は強い執着の光を放ちながら、まるで今も生きているように、薫の目に飛び込んできたのです。


手紙は、紙魚《しみ》という虫の住処《すみか》になって古い黴《かび》の臭いを漂わせ、それでも文字は消えず、今の今、書いたものと全く変わらない言葉の数々が、こまごまと、そしてくっきりと刻まれているのです。それをご覧になるにつけても「本当にこれが世間にもれていたら……」と気がかりで、それにつけてもいたわしく思えてならないのは、両親のことなのです。　（同）

しみといふ虫《むし》の住《す》みかになりて、古《ふる》めきたるかびくささながら、跡《あと》は消《き》えず、ただ今書《いまか》きたらむにも違《たが》はぬ言《こと》の葉《は》どもの、こまごまとさだかなるを見給《みたま》ふに、

「げに落《お》ち散《ち》りたらましよ」と、うしろめたう、いとほしきことどもなり。

手紙は紙を食べる紙魚《しみ》の住処《すみか》になって、饐《す》えたような黴の臭いに包まれていました。それなのに、文字はたった今書かれたように鮮やかにその姿を見せていたのです。保存に強い陸奥紙《みちのくがみ》に書かれた父の筆跡は、消えることなく、今も息づいていました。薫は、このはっきりした文字を見ながら、手紙が世間にもれてしまうことを想像し、罪を抱えてしまった両親に対する思いに心がかき乱されました。

ようやくこの手紙で、薫は靄《もや》に包まれていた秘密をはっきりと知ることができたのです。実父と母の許されざる恋。そして、自分が、その罪の恋の結晶だということを残酷にも悟ったのです。

その後、薫は母の女三宮のもとに行きました。でも、彼は何も言いませんでした。弁の君から聞いた話も、母宛てに残された実父の手紙のことも……。なぜでしょうか。薫の潔癖さが母を許せなかったのでしょうか。いや、それは違います。彼は尼姿の幼くもいじらしい母に打撃を与えたくはなかったのです。それでなくとも女三宮はすさまじい嵐、心の嵐をずっと耐えてきたのです。ここで再び昔の罪を持ち出したところで、いったいどうなるというのでしょう。薫は母のすぐ側にいるものの、じっと黙っていました。今は光源氏も亡くなり、ようやく禁断の恋を知る人もなく、のどやかに、そして無邪気に過ごしている母。そこにまた、二度と再び嵐を起こしてはならないのです。

薫はまた誰にも言えない秘密を背負ってしまいました。そして、新しい靄《もや》のなかを、決して晴れることのない靄のなかを、一人で歩き続けなければならなかったのです。

二十年以上さまよい続けた手紙たちは、いきなり、時間の扉を開けて過去から飛んできました。このように、時間を超えて、手紙が過去を現在に連れてきてしまうこともあったのです。手紙のなかの文字は、日の光が全く射さないような秘密の恋を伝えていました。誰にも祝福されない、いや、決して祝福されてはいけない罪の恋を……。そして、その罪の果てに生まれた子の前に、すべてを広げてしまったのです。

このように王朝の手紙たちは、いろいろな表情を生み出しながら、時間という空のなかで自由に飛び回っていたのです。これらの手紙たちは、少しの時間差で無惨な現実を生み出すこともありました。また、ある時は流れる時空を一瞬のうちに超えてしまうこともあったのです。手紙たちは、遮《さえぎ》るものをものともせず、風に吹かれた木の葉のように軽やかに飛んでいたのです。重くて大きな時間という空を越えて……。

あとがき

最近は、従来のおもしろ古典講座に加えて「言葉」にまつわる講座のご依頼が増えてきました。年間百回前後開催される講座のなかで、その数は三分の一以上になるでしょうか。「自分探しのための文章講座」、そしてまた「メールや葉書の書き方」、「メールを書いてはいけない時」などなど……。

柏崎市の市民大学をはじめ、長岡、新潟の各地で講座を開催しながら、皆様に手紙やメールなどにまつわるいろいろなお話をうかがうことができました（私の講座はすべて「視聴者参加番組」）。そしてまた実際に手紙やメールなどを書いていただいているなかで、私自身も「書き言葉」の重さについてだんだんと考えるようになってきました。

話し言葉とは違って残ってしまう言葉たち。特に現在はメールやブログ、そしてラインなどで「書き言葉」が多くなってきた時代です。「書き言葉」は、何度も何度も読み見返すことができる、という点が恐いところです。うれしいことが書いてあれば、読むたびに明るい光に満たされるでしょう。でも、もしも相手を傷つけるようなメールや手紙の場合だったら、衝撃だけがいつまでも残ってしまいます。そしてむきだしの言葉たちが見るたびに読む人の心を突き刺し、涙をあふれさせてしまうのです。そう、文字に残る言葉は、話し言葉と心の重さが違うのです。特に、昨今はこのような「書き言葉」が原因で、実際の暴力に発展してしまうような事件が後を絶ちません。そこで、さまざまな講座のなかで、このような「書き言葉」との格闘――昔から続いていた――を作品のエピソードを交えながら、ご紹介してきました。今回はそこでご紹介した不思議な手紙の姿――特に恋の手紙の姿――を中心にまとめてみたものです。

心と心を結びつけてくれる手紙たち、また逆に、一瞬のうちに人との関係を断ち切ってしまう手紙たち。昔も今も、彼らは荒涼とした世界に私たちを突き落としたり、虹がかかるような晴れやかな世界にも連れて行ってくれるのです。

さて、それではここで、この本ができた事情について、少しお話をしておきます。この本は前の角川選書『王朝生活の基礎知識　古典のなかの女性たち』に続く、王朝シリーズの二冊目となります。前の時には平成十六年十月二十三日に起きた中越地震という大きな衝撃のなかで、校正を続けました。ところが、今回、この本の構想を考えていたころの平成十九年七月十六日に、ふたたび中越沖地震に遭ってしまったのです。そして、被災の中心地にあった自宅の書庫が、損壊の被害を受けて破壊されてしまいました。

でも、そのような状況であったにもかかわらず、その時開催されていた柏崎市民プラザでの古典講座を奇跡的に続けることができたのです。ある方は、半壊のお宅から、そしてまたある方は仮設住宅から、生活もままならない状態であるにもかかわらずかけつけて下さいました。皆様のお力に支えられ、いつもと変わらず笑い声が絶えない古典の講座ができたことを心の底から御礼申し上げます。

また、この本は私一人ではなく、さまざまな方のお力によって完成いたしました。まず、長いことお世話になっている角川学芸出版の優秀な編集者の方、そして下書きをしていたころに、さまざまなアドバイスを下さった安宇植先生、また、本のなかで最も楽しい作業の挿絵選定を手伝って下さった、新潟産業大学教育技術専門係の高山直子さん、そして押見操子さん。本当に本当に心から御礼申し上げます。

なお、さきほどお話をしたように、この本は中越沖地震のなかで構想づくりがはじまりました。そしてまた、その年は私にとって、今でも現実のこととは思えないほど、凶運が重なる年でもありました。地震の前の月に父が亡くなり、そして地震の六か月後には母が空に旅立ってしまったのです。私は、何もできなくなってしまいました。でも、どうしていいかわからなくなってしまいました。でも、王朝の人たちの生きている姿――笑顔や笑い声、そして不安に曇ったり、泣き顔になったりする姿――に支えられて、ようやく絶望という暗闇の淵から這い上がることができたのです。生き生きとした彼らの声や姿を感じることで、色のない暗黒の世界から、だんだんと脱出することができました。古典の作品たちは生きる気力を失ってしまった私に、やわらかい、人間らしいぬくもりを届けてくれたのです。

思うにこれらの作品たちは、このように人の心を支えてくれるものなのではないでしょうか。だからこそ、長い長い間生き続けて、私たちに生きる力を、勇気を与えてくれたのではないでしょうか。「お金になる」とか「役に立つ」といった次元を超えて……。

だから、私はこのようなすばらしい作品たちを、今後もいろいろな形で皆様にお伝えしていきたいと思っております。生きる力を与えてくれる作品たちを……。

平成二十年十一月　源氏物語千年紀の秋　　川村　裕子

※本書の原文については、以下以外はすべて角川ソフィア文庫（なお、『枕草子』は新版による）によります。なお、表記や表現などを一部改めたところがあります。少しでもおもしろいと思われたエピソード、また続きが読みたいと思われた作品につきましては、ぜひこれらの本などをお読みください。

○『紫式部日記』……新編日本古典文学全集『和泉式部日記　紫式部日記　更級日記　讃岐典侍日記』（小学館）、『紫式部日記上』・『紫式部日記下』（講談社学術文庫）

○『古今和歌集』、『後撰和歌集』、『拾遺和歌集』、『後拾遺和歌集』……新日本古典文学大系（岩波書店）

○『古今和歌六帖』……新編国歌大観（角川書店／古典ライブラリー）

○『平中物語』……新編日本古典文学全集『竹取物語　伊勢物語　大和物語　平中物語』（小学館）

文庫版あとがき

このたび角川選書の一冊『王朝の恋の手紙たち』が文庫化されることになりました。この本は選書の「あとがき」に書いてありますように、二〇〇七年七月十六日に起きました中越沖地震の最中に書かれたものです。

書いている時は余震に震えながら、また玄関に貼られた「り災調査は別途改めて伺います（柏崎災害対策本部、整理番号126―40）」という連絡票におびえつつ生活しておりました。

ただ、その時も柏崎市の講座はひらかれ、古典の世界を広めていく仕事があったのです。それらが私の気持ち、崩壊しかけた私の気持ちを支えてくれました。本当に本当に感謝の気持ちでいっぱいです。

さて、その後も王朝メールの講座依頼が続きました。それというのも伝達方法として、「書き言葉」の比重が大きくなったからなのですね。今は電話よりもメールやLINEが多いのではないでしょうか。

そのようなかで「書き言葉」に悩んでいる方も多いのですね。どうして誤解されてしまうのだろう、どうして私の心が「言葉」で伝わらないのだろう、と悩むことが多いのですね。

実は、千年前からこんな「書き言葉」との格闘があったのです。王朝人のコミュニケーションツールは「文（手紙）」が唯一のものでした。会って話すことの少ない王朝人の悩みも「書き言葉」にあったのです。

そんな彼らの苦悩と工夫、たくさんのエピソードのなかには、今のヒントが隠されているのですね。返信の速度や言葉選びの工夫、はたまた文付枝《ふみつけえだ》（＝今の絵文字やLINEスタンプ）の使い方……。

このような現代にも通じる知恵を、彼らはたくさん残しておいてくれました。

千年前の人々の言葉と心の格闘から生まれた心の雫《しずく》。そう、生きていくうえで大切なぬくもりが、今後とも伝わっていくことを心の底から願って止《や》みません。千年間伝わってきた心のぬくもりが、これからもずっとずっと伝わりますように……。

二〇二四年八月　酷暑のある日

川村　裕子

本書は、二〇〇九年一月に小社より刊行した角川選書『王朝の恋の手紙たち』を加筆修正のうえ、文庫化したものです。

王朝《おうちょう》の恋《こい》の手紙《てがみ》たち

川村《かわむら》裕子《ゆうこ》

令和6年 9月25日　初版発行

発行者●山下直久

発行●株式会社KADOKAWA
〒102-8177　東京都千代田区富士見2-13-3
電話　0570-002-301（ナビダイヤル）

角川文庫 24353

印刷所●株式会社暁印刷
製本所●本間製本株式会社

表紙画●和田三造

ISBN 978-4-04-400849-9　C0195

◇◇◇

角川文庫発刊に際して

角川源義

第二次世界大戦の敗北は、軍事力の敗北であった以上に、私たちの若い文化力の敗退であった。私たちの文化が戦争に対して如何に無力であり、単なるあだ花に過ぎなかったかを、私たちは身を以て体験し痛感した。西洋近代文化の摂取にとって、明治以後八十年の歳月は決して短かすぎたとは言えない。にもかかわらず、近代文化の伝統を確立し、自由な批判と柔軟な良識に富む文化層として自らを形成することに私たちは失敗して来た。そしてこれは、各層への文化の普及滲透を任務とする出版人の責任でもあった。

一九四五年以来、私たちは再び振出しに戻り、第一歩から踏み出すことを余儀なくされた。これは大きな不幸ではあるが、反面、これまでの混沌・未熟・歪曲の中にあった我が国の文化に秩序と確たる基礎を齎らすためには絶好の機会でもある。角川書店は、このような祖国の文化的危機にあたり、微力をも顧みず再建の礎石たるべき抱負と決意とをもって出発したが、ここに創立以来の念願を果すべく角川文庫を発刊する。これまで刊行されたあらゆる全集叢書文庫類の長所と短所とを検討し、古今東西の不朽の典籍を、良心的編集のもとに、廉価に、そして書架にふさわしい美本として、多くのひとびとに提供しようとする。しかし私たちは徒らに百科全書的な知識のジレッタントを作ることを目的とせず、あくまで祖国の文化に秩序と再建への道を示し、この文庫を角川書店の栄ある事業として、今後永久に継続発展せしめ、学芸と教養との殿堂として大成せんことを期したい。多くの読書子の愛情ある忠言と支持とによって、この希望と抱負とを完遂せしめられんことを願う。

一九四九年五月三日

角川ソフィア文庫ベストセラー

ビギナーズ・クラシックス 日本の古典 和泉式部日記

和泉式部
編／川村裕子

為尊親王の死後、弟の敦道親王から和泉式部へ手紙が届き、新たな恋が始まった。恋多き女、和泉式部が秀逸な歌とともに綴った王朝女流日記の傑作。平安時代の愛の苦悩を通して古典を楽しむ恰好の入門書。

ビギナーズ・クラシックス 日本の古典 更級日記

菅原孝標女
編／川村裕子

平安時代の女性の日記。東国育ちの作者が京へ上り憧れの物語を読みふけった少女時代。結婚、夫との死別、その後の寂しい生活。ついに思いこがれた生活を手にすることのなかった一生をダイジェストで読む。

新版 蜻蛉日記（I、II） 現代語訳付き

右大将道綱母
訳注／川村裕子

美貌と歌才に恵まれ権門の夫をもちながら、自らを蜻蛉のように儚いと嘆く作者二一年間の日記。母の死、鳴滝籠り、夫との実質的離婚――。平易な注釈と現代語訳の決定版。I（上・中巻）、II（下巻）収載。

はじめての王朝文化辞典

川村裕子
絵／早川圭子

平安時代の家、調度品、服装、儀式、季節の行事、食事や音楽、娯楽、スポーツ、病気、信仰や風習……『源氏物語』や『枕草子』などに描かれた古典文学の世界が鮮やかによみがえる！　文化を学べる読む辞典。

ビギナーズ・クラシックス 日本の古典 源氏物語

紫式部
編／角川書店

日本古典文学の最高傑作である世界第一級の恋愛大長編『源氏物語』全五四巻が、古文初心者でもまるごとわかる！　巻毎のあらすじと、名場面はふりがな付きの原文と現代語訳両方で楽しめるダイジェスト版。

角川ソフィア文庫ベストセラー

枕草子
ビギナーズ・クラシックス 日本の古典

清少納言
編／角川書店

一条天皇の中宮定子の後宮を中心とした華やかな宮廷生活の体験を生き生きと綴った王朝文学を代表する珠玉の随筆集から、有名章段をピックアップ。優れた感性と機知に富んだ文章が平易に味わえる一冊。

蜻蛉日記
ビギナーズ・クラシックス 日本の古典

右大将道綱母
編／角川書店

美貌と和歌の才能に恵まれ、藤原兼家という出世街道まっしぐらな夫をもちながら、蜻蛉のようにはかない自らの身の上を嘆く、二一年間の記録。有名章段を味わいながら、真摯に生きた一女性の真情に迫る。

三十六歌仙
ビギナーズ・クラシックス 日本の古典

編／吉海直人

「歌の神」として崇拝されてきた藤原公任撰『三十六人撰』の歌人たち。代表歌の鑑賞、人物像と時代背景、「百人一首」との違い、和歌と歌仙絵の関係など、知っておきたい基礎知識をやさしく解説する入門書。

権記
ビギナーズ・クラシックス 日本の古典

藤原行成
編／倉本一宏

藤原道長や一条天皇の側近として活躍した、能吏が書き記した摂関期の宮廷日記。『行成卿記』ともいわれ、宮廷での政治や儀式、秘事までが細かく書き残されており、貴族たちの知られざる日常生活が分かる。

古事談
ビギナーズ・クラシックス 日本の古典

源顕兼
編／倉本一宏

鎌倉時代初め、源顕兼により編修された『古事談』は、「称徳天皇が道鏡を愛した事」から始まり、貴人の逸話や故実・奇譚まで多彩な説話が満載。70話を厳選し、原文・現代語訳と書下し文に解説を付す決定版！

角川ソフィア文庫ベストセラー

源氏物語（全十巻）
現代語訳付き

紫式部
訳注／玉上琢彌

一一世紀初頭に世界文学史上の奇跡として生まれ、後世の文化全般に大きな影響を与えた一大長編。寵愛の皇子でありながら、臣下となった光源氏の栄光と苦悩の晩年、その子・薫の世代の物語に分けられる。

紫式部日記
現代語訳付き

紫式部
訳注／山本淳子

華麗な宮廷生活に溶け込めない複雑な心境、同僚女房やライバル清少納言への批判――。詳細な注、流麗な現代語訳、歴史的事実を押さえた解説で、『源氏物語』成立の背景を伝える日記のすべてがわかる！

新版 うつほ物語 一
現代語訳付き

訳注／室城秀之

『源氏物語』にも影響を与えたといわれる日本文学史上最古の長編物語。原文、注釈、現代語訳、各巻の梗概、系図などの資料を掲載。第一冊となる本書には、「俊蔭」「藤原の君」「忠こそ」「春日詣」をおさめる。

新版 落窪物語（上、下）
現代語訳付き

訳注／室城秀之

『源氏物語』に先立つ、笑いの要素が多い、継子いじめの長編物語。母の死後、継母にこき使われていた女君。その女君に深い愛情を抱くようになった少将道頼は、継母のもとから女君を救出し復讐を誓う――。

和泉式部日記
現代語訳付き

和泉式部
訳注／近藤みゆき

弾正宮為尊親王追慕に明け暮れる和泉式部へ、弟の帥宮敦道親王から手紙が届き、新たな恋が始まった。式部が宮邸に迎えられ、宮の正妻が宮邸を出るまでを一四〇首余りの歌とともに綴る、王朝女流日記の傑作。

角川ソフィア文庫ベストセラー

新版 古事記
現代語訳付き
訳注／中村啓信

天地創成から推古天皇につながる天皇家の系譜と王権の由来書。厳密な史料研究成果に拠る読み下し文、平易な現代語訳、漢字本文（原文）、便利な全歌謡各句索引と主要語句索引を完備した決定版！

風土記（上）（下）
現代語訳付き
監修・訳注／中村啓信

風土記は、八世紀、元明天皇の詔により諸国の産物、伝説、地名の由来などを撰進させた地誌。現存する資料を網羅し新たに全訳注。漢文体の本文も掲載する。常陸、出雲、播磨、豊後、肥前と逸文を収録。

新版 万葉集（一〜四）
現代語訳付き
訳注／伊藤　博

古の人々は、どんな恋に身を焦がし、誰の死を悼み、そしてどんな植物や動物、自然現象に心を奪われたのか――。全四五〇〇余首を鑑賞に適した歌群ごとに分類。天皇から庶民にいたる万葉人の想いが今に蘇る！

新版 竹取物語
現代語訳付き
訳注／室伏信助

竹の中から生まれて翁に育てられた少女が、五人の求婚者を退けて月の世界へ帰っていく伝奇小説。かぐや姫のお話として親しまれる日本最古の物語。第一人者による最新の研究の成果。豊富な資料・索引付き。

新版 古今和歌集
現代語訳付き
訳注／高田祐彦

日本人の美意識を決定づけ、『源氏物語』などの文学や美術工芸ほか、日本文化全体に大きな影響を与えた最初の勅撰集。四季の歌、恋の歌を中心に一一〇〇首を整然と配列した構成は、後の世の規範となっている。

角川ソフィア文庫ベストセラー

新版 伊勢物語
現代語訳付き
訳注／石田穣二

在原業平がモデルとされる男の一代記を、歌を挟みながら一二五段に記した短編風連作。『源氏物語』にもその名が見え、能や浄瑠璃など後世にも影響を与えた。詳細な語注・補注と読みやすい現代語訳の決定版。

土佐日記
現代語訳付き
紀 貫之
訳注／三谷榮一

紀貫之が承平四年一二月に任国土佐を出港し、翌年二月京に戻るまでの旅日記。女性の筆に擬した仮名文学の先駆作品であり、当時の交通や民間信仰の資料としても貴重。底本は自筆本を最もよく伝える青谿書屋本。

方丈記
現代語訳付き
鴨 長明
訳注／簗瀬一雄

社会の価値観が大きく変わる時代、一丈四方の草庵に遁世して人世の無常を格調高い和漢混淆文で綴った随筆の傑作。精密な注、自然な現代語訳、解説、豊富な参考資料・総索引の付いた決定版。

無名抄
現代語訳付き
鴨 長明
久保田 淳＝訳

宮廷歌人だった頃の思い出、歌人たちの世評――従来の歌論とは一線を画し、説話的な内容をあわせ持つ。鴨長明の人物像を知る上でも貴重な書を、中世和歌研究の第一人者による詳細な注と平易な現代語訳で読む。

新版 発心集 (上)(下)
現代語訳付き
鴨 長明
訳注／浅見和彦・伊東玉美

鴨長明の思想が色濃くにじみ出た仏教説話集の傑作。人間の欲の恐ろしさを描き、自身の執着心とどう戦うかを突きつめていく記述は秀逸。新たな訳と詳細な注を付し、全八巻、約100話を収録する文庫完全版。